千家诗评注

（宋）谢枋得（明）王相 编著
陈超敏 评注

北京联合出版公司
Beijing United Publishing Co.,Ltd.

图书在版编目（CIP）数据

千家诗评注 /（宋）谢枋得，（明）王相编著；陈超敏评注
—北京：北京联合出版公司，2015.7（2023.8重印）
ISBN 978-7-5502-3927-2

Ⅰ.①千… Ⅱ.①谢… ②王… ③陈… Ⅲ.①古典诗歌
-诗集-中国②《千家诗》-注释 Ⅳ.①I222.72

中国版本图书馆CIP数据核字（2015）第143695号

千家诗评注

作　　者：（宋）谢枋得　（明）王相
评　　注：陈超敏
出 品 人：赵红仕
选题策划：梁明德　邵鹏军
责任编辑：王　巍
特约编辑：刘文硕
封面设计：格林文化
版式设计：格林文化

北京联合出版公司出版
（北京市西城区德外大街83号楼9层　100088）
三河市华润印刷有限公司　新华书店经销
字数118千字　960毫米×640毫米　1/16　印张22.75
2015年9月第1版　2023年8月第3次印刷
ISBN 978-7-5502-3927-2
定价：52.00元

目录

七言绝句

七言律诗

五言绝句

五言律诗

前　言

旧时中国孩童启蒙学习，会读“三百千千”，即《三字经》《百字姓》《千字文》以及本书《千家诗》。《千家诗》并非包含一千位作者，“千”字是一个约数，即“很多”的意思。由宋朝到清朝，《千家诗》出现过多种版本，最早是南宋刘克庄编选的《分门纂类唐宋时贤千家诗选》，后来明清又有不同的人编选多种《千家诗》。

明末有一本《七言千家诗》，托名宋代谢枋得，但真实的编者不详，内收七言绝句与律诗。明末清初的王相为这本《七言千家诗》作注，并按它的模式编选了一本《新镌五言千家诗》，内收五言绝句与律诗。后人把这两本合刊，亦称《千家诗》，便是现在的通行本，也是本书所依据的版本。

在流传的过程中，合刊的五七言《千家诗》有一些错漏讹误，那些已确定是错误的部分，本书直接改正，那些不能确定的部分，本书参考不同的资料，并在注中加以说明。需要补充的是，本书的正文依照中华书局据上海锦章书局石印本《绘图千家诗注释》，但在注中会注明其他版本是何作者或何诗题。

本书的读者为普通大众，在行文上力求简洁明畅，注释务求简易通达。诗歌语言是特殊的语言，应用文或日常语言必须清晰明确，但诗歌由于诗意的营造，语言变得模糊、奇特或不合常理，难于“翻译”，本书以“诗歌大意”代之。这“诗歌大意”可能并不能完全传达诗中意境，有时甚至与读者的理解有所不同。在诗歌短析上，本书期望用简单的文字介绍诗歌的特点和相关知识。《千家诗》是旧时童蒙学习之书，本书依循的正是这一方向，当中若有错漏，谨请各方指正。

陈超敏

2013 年 4 月

七言绝句

春日偶成[①]

程颢[②]

云淡风轻近午天，傍花随柳过前川。
时人不识余心乐，将谓偷闲学少年[③]。

注释

①程颢诗集中，此诗题为《偶成》。

②程颢（1032—1085）：字伯淳，世称明道先生，北宋洛阳(今属河南)人。程颢是北宋大儒、理学名家，他与弟弟程颐合称“二程”，其后朱熹发扬了“二程”学说，后世称为“程朱学派”。程颢诗歌多写闲居生活，有时会以理学入诗。

③将谓：将，将会；谓，说。这里指“将会说（我）偷闲学少年”。

诗歌大意

春日临近正午时分，云淡风轻，穿行于花丛绿柳之中走过溪水。人们不知道我心中之“乐”，将会说我学着年轻人的样子忙里偷闲地享受大好时光。

短析

美丽的风景总会引发人们内心的感动，这一份感动，就是程颢诗中的“乐”。这“乐”是程颢身处清丽山水，感悟山水中天理的怡然之乐，与少年出门踏青颇有分别。“将谓偷闲学少年”一句，当然不是“时人”的真正批评，这是诗人自我想象之语。作为理学名家，程颢这首诗写得十分简易，无艰涩的字句和典故，又有怡然自得的乐趣。

春日

朱熹①

胜日寻芳泗水滨②，无边光景一时新。
等闲识得东风面③，万紫千红总是春。

注释

①朱熹（1130—1200）：字元晦、仲晦，号晦庵，南宋徽州（今属江西）人。朱熹是南宋理学名家，他上继“二程”，其学说对明清儒学影响深远，人称“程朱理学”，他的《四书集注》更是明代科举指定的考试内容。朱熹被尊称为“朱子”，除理学作品外，他也写了不少诗歌，部分具有理学成分，

但也有活泼、洋溢着哲思之作，如《观书有感》。

②胜日：美好的日子。泗水：山东省中部的一条河流，发源于泗水县，西邻孔子故乡曲阜。滨：水边。

③等闲：平常，轻易。

诗歌大意

一个春光明媚的日子，我在泗水河边欣赏美丽的风景，那一望无际的光景都焕然一新。我轻易地便知晓那是春天的面貌，东风吹得百花齐放、万紫千红，这一切都让我感受到“春”的气息。

短析

这首诗使用了最常用的意象，如水边、东风、花草，并没有什么特别之处，但是“等闲识得东风面，万紫千红总是春”，一句写触觉（东风），一句写视觉（万紫千红），它们一方面既是春天的特有事物，一方面又调动了读者的触觉和视觉，这种双管齐下的创作手法给读者留下了深刻的印象。此外，诗歌贯彻了诗人的“感受”，“无边风光”与“总是春”都是诗人对春天的感受。

春宵[1]

苏轼[2]

春宵一刻值千金[3]，花有清香月有阴[4]。
歌管楼台声细细[5]，秋千院落夜沉沉[6]。

注释

①苏轼诗集中，此诗题为《春夜》。

②苏轼（1037—1101）：字子瞻，号东坡居士，北宋眉山（今属四川）人。苏轼是宋代著名的文学家，他的诗、词、散文都非常出色，且风格多样，有时豁达豪放，有时细腻深情。他的名篇名句众多，有“明月几时有，把酒问青天”“不识庐山真面目，只缘身在此山中”等。他与父苏洵、弟苏辙合称“三苏”；又与韩愈、欧阳修等八位文人合称“唐宋八大家”。

③春宵：春天的夜晚。

④阴：在月亮光辉映照下的阴影，这里指月亮下的光影情态。

⑤歌：唱歌。管：管乐器。歌管即歌声与乐声。声细细：声音纤细幽远。

⑥夜沉沉：夜色深沉。

诗歌大意

春天的夜晚，就算是一刻钟也十分美好，价值千金。这夜晚有清香的花朵，月亮的光影笼罩在景物上，楼台传来了纤细幽远的歌声与乐声，置有秋千的庭院静静地处于深沉的夜色中。

短析

这首诗的第二、三、四句都是景物描写。有眼前的景象，如月亮的光影，夜色中的秋千院；有嗅觉的享受，如花朵的清香；有声音的回荡，如楼台的歌乐声。视、听、嗅的描写让读者很容易在脑海中想象出画面来。此外，花朵、月亮、歌声和秋千都与女子有关，可见这是一个由美丽女子衬托的美好夜晚，这当然使诗人陶醉，因此在诗歌的第一句，诗人便写出了他的感受——这个美好的夜晚“价值千金”。

城东早春

杨巨源[①]

诗家清景在新春[②]，绿柳才黄半未匀[③]。
若待上林花似锦[④]，出门俱是看花人。

注释

①杨巨源：字景山，生卒年不详，唐朝蒲州（今属山西）人，他是唐德宗贞元五年（789）进士，官至国子司业，七十岁告老还乡。

②新春：这里指非常早的春天，即诗题的“早春”。这时花草还在孕育当中，尚未盛开。

③黄：柳树的芽刚刚长出来，呈现嫩黄色。匀：均匀，齐整。

④上林：即上林苑。汉武帝在秦朝旧苑上扩建了一个宏大的宫苑，是游乐和赏花之处，诗人用它代指春天赏花游玩的好去处。

诗歌大意

诗人的清丽之景在于花草尚未盛开的“早春”，这时柳树才刚刚长出嫩黄、参差不匀的新芽。如果到了那花草盛开、繁花似锦的时分，大路上便都挤满那些要去赏花游玩的人了。

短析

诗家清景在“新春”，这“新春”似乎更是“清”与“幽”。上林苑里繁花似锦，但人山人海之时，看花的人摩肩接踵，挤破了头，你一言我一语，吵闹非常，哪里还美？诗人避开了游人蜂拥而至的时节，在早春花草未开之时，出门寻幽去。在这个人迹罕至的时节，他发现绿柳的芽“嫩黄未匀”，这一份清幽不只是生活所需，更是诗歌所需。

有些注者把这首诗解读为讽喻诗，以嫩黄之芽比喻人才崭露头角，选人用材要有慧眼，后两句讽刺当权者见到人才已经做出成绩来，一窝蜂地去当“看花人”。这首诗究竟该如何解读？是政治讽喻诗，还是一种生活上的心态，读者可见仁见智。

春夜①

王安石②

金炉香尽漏声残③，剪剪轻风阵阵寒④。
春色恼人眠不得，月移花影上栏杆。

注释

①王安石诗集中，此诗题为《夜直》。

②王安石（1021—1086）：字介甫，号半山，北宋抚州（今属江西）人。他是北宋著名的政治家，主持了熙宁变法。他也是著名的诗人，尤其是他晚年罢相隐居后，其诗歌细致精巧。后人认为他的绝句非常高超，甚至高于苏轼与黄庭坚。

③香尽：香都已烧成灰烬。漏声：滴水的声音。古

代计时的铜壶，滴水以计时。残：这里指滴水之声感觉残破。

④剪：像剪刀一样锐利。

诗歌大意

金炉内香已烧成灰烬，漏壶之声一下一下，长久而残破。风像剪刀一样锐利，传来阵阵寒意。这“春色”烦扰着我，使我睡不着，睁着眼睛看月光和花影移动到栏杆之上。

短析

王安石的诗歌，其中一个精彩之处便是“用字”。香烧成灰烬是最正常不过之事，而漏声“残破”则是心理的反映。漏声是很有规律的，如同时钟的秒针跳动一样，没有什么情绪可言，这漏声的“残”完全是因诗人心理郁闷所致。又“剪剪轻风”，这“剪剪”二字下得真好，让无形的风有了剪刀剪开布帛时的锐利。诗人失眠，瞪着眼睛听着漏声、感受寒风、看着移动的影子，这“残”与“寒”是诗人的心理感受反映于事物之上而产生的效果。读这首诗，我们不禁会问，诗人你有什么烦恼呢？

初春小雨[1]

韩愈[2]

天街小雨润如酥[3]，草色遥看近却无[4]。
最是一年春好处，绝胜烟柳满皇都[5]。

注释

①《全唐诗》中，此诗题为《早春呈水部张十八员外》。

②韩愈(768—824)：字退之，唐代河阳(今属河南)人。他是唐代古文运动的倡导者，亦是唐宋八大家之一。韩愈是著名的诗人，部分诗歌风格奇怪险峭，有散文化的倾向，然而这首诗则显得清新雅致。

③天街：皇都长安的大街。酥：乳制品，如奶酪之类，这里形容雨水细滑温润。

④草色遥看：远看呈现一片碧草之色。

⑤绝胜：远远超过。

诗歌大意

初春，京城的大街上下着如酥奶一样细滑的小雨，远远望去呈现一片碧草之色，走近时却又看不见了。这是一年里春天最好的时分，远远好于长安满城杨柳如烟之时。

短析

在这首诗里，诗人发挥了细致的观察力。雨有时狂暴，有时细密，诗人摒弃了传统的比喻，他说雨如“酥奶”般润滑，这是一个非常新鲜与贴切的比喻，混合了食物的口感与春天雨水滋养万物的特性。另一方面，春草初生之时，疏疏的、细细的，近看时不容易发现，远看时却看到细细的草色，这种生命始发的生机，让人非常喜悦。在这一方面，这首诗与杨巨源《城东早春》的“绿柳才黄半未匀”可谓有着相同的情趣。

元日[①]

王安石

爆竹声中一岁除，春风送暖入屠苏[②]。
千门万户曈曈日[③]，总把新桃换旧符[④]。

注释

①元日：每月的第一天，这里指农历正月初一。

②屠苏：古代的一种酒名，于农历正月初一饮用。

③曈：日出时光亮的样子。

④新桃、旧符：即新的和旧的“桃符”。桃符是古代春节时门外驱邪的桃木匾，后改贴门联。

诗歌大意

这首诗写春节正月初一的情景：在爆竹声中旧岁过去，新年来临，家家户户喝着屠苏酒，千万人家迎着日出光芒万丈，把旧的桃符丢弃，换上新的。

短析

这是一首充满生机的诗，正月初一、新年、日出之光、新桃符……这些东西都标志着“更新”，体现了一种所有人和事都会越来越美好的信念。这首诗描绘出春节的热闹与焕然一新的景象，而王安石在写此诗时，正在倡导政治上的改革，希望以变法使国家焕然一新。从诗中，我们可以感受到王安石的万丈雄心，在这一刻，他对未来充满希望。

上元侍宴①

苏轼

淡月疏星绕建章②，仙风吹下御炉香③。
侍臣鹄立通明殿④，一朵红云捧玉皇⑤。

注释

①苏轼诗集中，此诗题为《上元侍饮楼上三首呈同列》。上元：农历正月十五为上元节，又称元宵节。

②建章：汉武帝宫殿名称，这里代指宋朝皇宫。

③御炉：皇宫的香炉。

④鹄立：比喻群臣像鹄鸟一样伸长脖子站立，等待皇帝。鹄，天鹅。通明殿：玉皇大帝之殿。

⑤红云：这里比喻身穿红袍的侍臣们。

诗歌大意

淡淡的月亮、稀疏的星辰围绕着皇城，风把皇宫香炉的香气吹下来。一群侍臣站在大殿之外，像鹄鸟一样伸长脖子等待着，他们的红袍连成一片仿佛一朵红云，拱捧着如玉皇大帝般的皇帝。

短析

这是一首应酬与歌颂之诗，使用了中国古典诗歌中非常流行的一种手法：以过去的伟大皇朝或神仙世界，比喻现在的皇帝和皇宫。在这首诗里，诗人以大汉帝国的建章宫、玉皇大帝的通明殿来比喻宋朝皇宫，以玉皇大帝比喻宋朝皇帝，皇室所用的东西都是“仙界”的，在这高高在上的皇室之下，是朝仰的群臣，他们就如朝拜神仙的虔诚信徒一样。

立春偶成[1]

张栻[2]

律回岁晚冰霜少[3]，春到人间草木知。
便觉眼前生意满[4]，东风吹水绿参差[5]。

注释

①立春：中国传统二十四节气之一，一般在阳历的二月三、四或五日。

②张栻（1133—1180）：字敬夫，又称南轩先生，南宋汉州绵竹（今属四川）人。张栻为南宋著名理学家，与朱熹、吕祖谦并称“东南三贤”，他亦是宋高宗宰相张浚之子。

③律回：中国古代一至六月为“阳”，称为“律”，七至十二月为“阴”，称为“吕”。立春在农历春天时分，冬天已经过去，即“吕”已离去，“律”已回来，故诗中称“律回”。岁晚：指年终。

④生意：指生机。

⑤绿参差：水波动不定使绿色参差不齐。

诗歌大意

旧岁终结，新年岁律回转，冰冷的霜雪逐渐减少，草木知道春天已回到人间了。这使我感到眼前的景象生机盎然，春天的东风把水吹得波动荡漾，那绿色也随之参差不定。

短析

外在的环境变化总影响着人们的情绪，春天来到，草木生长，一片欣欣向荣，程颢写的是心中的“乐”，朱熹写的是视觉与触觉，而张栻除了写他的感受（生机盎然）外，还写了一个环境的细节——“东风吹水绿参差”——水是绿的，是明亮的，这“绿”也是绿树映在水中之色。风把水吹得波动不定，绿色也参差不定，这种色彩与动态都表明了一点：水是活水，而季节是春天。

打球图[①]

晁说之[②]

阊阖千门万户开[③]，三郎沉醉打球回[④]。
九龄已老韩休死[⑤]，无复明朝谏疏来[⑥]。

注释

①球：即“毬”，古代习武用的皮球。

②晁说之（1059—1129）：字以道，北宋神宗元丰五年（1082）进士，官至徽猷阁待制。他擅长山水画，

兼能诗文。

③阊阖：皇宫的正门。皇宫正门只有一个，但皇宫还有许多门窗，因此是“千门万户”。

④三郎：唐玄宗李隆基排行第三，常自称三郎。史传记载唐玄宗与杨贵妃等经常饮酒、打球作乐。

⑤九龄：张九龄。张九龄与韩休皆为唐玄宗的宰相，两人都曾规劝玄宗不要耽于逸乐。后张九龄以年迈为理由辞去官职，韩休病死于任上。

⑥无复：不再。谏疏：向皇帝进谏的奏章。

诗歌大意

皇宫内的千门万户开放着，被称作三郎的唐玄宗陶醉在喝酒、打球的乐趣中。敢于直谏的张九龄、韩休，一个告老辞官，一个病死任上，明天早上不能再向皇帝呈上进谏的奏章了。

短析

诗人看到了一幅唐玄宗打球的图画，有感而发，写成了这首诗。他想到大唐开元、天宝时期，国力是多么鼎盛，而在短短数十年间，出现了李林甫、杨国忠等“奸臣”，又发生了“安史之乱”，大唐迅速由盛转衰。当中的原因，诗人相信是唐玄宗耽于溺乐、宠爱杨贵妃，朝中再无忠臣之故。这是中国古代的传统看法，国家的衰落必然与皇帝的道德沦落相关。

宫词[1]

王建[2]

金殿当头紫阁重[3]，仙人掌上玉芙蓉[4]。
太平天子朝元日[5]，五色云车驾六龙[6]。

注释

①宫词：中国古代一种诗歌类型，内容上主要描写宫廷生活，如宫殿、宫中琐事、宫女情怀等。

②王建：字仲初，生卒年不详，唐代颍川（今属河南）人，大历十年（775）进士，一直出任小官，以乐府诗著名，有《宫词》百首。一说此诗的作者为林洪。

③金殿、紫阁：皇宫的大殿与楼阁，这里应指唐朝的“朝元阁”，为天子元日朝拜“天帝”（神）之地。

④仙人掌：仙人的手掌。汉武帝制仙人铜像，手托盘以承接露水。玉芙蓉：朝元阁上有数丈高的铜柱，柱上有金仙人捧芙蓉盘以承天露。

⑤朝元日：天子在农历正月初一（元日）朝拜天帝。

⑥五色云车：天子的銮舆，以五色彩云喻其光辉灿烂。六龙：天子的马，这里以龙喻马。

诗歌大意

皇宫金殿当头，紫阁重重，仙人铜像的手掌上捧着承接天露的玉芙蓉盘。当今天下太平，这位“太平天子”在元日朝拜天帝，坐着像五色彩云般的銮舆，驾着如龙的马匹。

短析

这首诗的手法如同苏轼《上元侍宴》一样，皆用大汉帝国与神仙世界来比喻皇帝和皇宫，使用这样的手法，当然是为了夸大皇帝和皇宫的华丽和威仪。这是一首应制诗，是要呈献给权贵人物的。我们可以想想，诗人出于什么情况写出这首诗？他想把这首诗给谁看？他想得到怎样的结果？

廷试

夏竦[①]

殿上衮衣明日月[②]，砚中旗影动龙蛇[③]。
纵横礼乐三千字[④]，独对丹墀日未斜[⑤]。

注释

①夏竦（985—1051）：字子乔，北宋江州（今属江西）

人，官至仁宗朝宰相、枢密使，封英国公。

②衮衣：古代皇帝和三公所穿的礼服。明日月：皇帝的光彩像日月一样明亮夺目。

③动龙蛇：宫中旌旗挥舞如龙蛇摆动。

④礼乐：礼仪与仪式所奏之乐。相传周公制礼作乐，目的是要把人们的行为导向正轨。三千字：指宫中君臣对答如流，三千是概数。

⑤独对：除考试之外，宋代有“时荐之科”，士子们的对答论政如得皇帝赏识，即赐进士。丹墀：古代宫殿前涂成红色的石阶。

诗歌大意

穿着礼服的皇帝陛下，光彩如同日月之明，墨砚之中呈现出宫中旌旗的倒影，挥舞如龙蛇摆动。君臣纵横于礼乐问题，对答如流，臣子面对宫殿的红色石阶，进行着“独对”论政，回答完毕时太阳还没有西斜。

短析

诗歌采用了华丽和夸张的语言，夸大了君臣对答的内容与迅速，性质如同苏轼《上元侍宴》、王建《宫词》一样。这些夸张的口吻对我们来说，可能缺乏真情真意，显得有点虚伪。不过，我们或许可以这样理解：在古代，诗歌创作除了抒发个人真情外，还有着社交的功能，这些诗歌是诗人为了社交而创作的应酬作品，它创作的地点一般在宫廷之中，主要功能则是维持诗人的地位与人际关系。

咏华清宫[1]

杜常[2]

行尽江南数十程[3]，晓风残月入华清。
朝元阁上西风急[4]，都入长杨作雨声[5]。

注释

①华清宫：唐朝的宫殿名，其地有温泉，传说杨贵妃曾被赐浴华清池。

②杜常：字正甫，生卒年不详，北宋神宗朝人，昭宪皇后族孙，官至工部尚书。这首诗的作者，旧本误载为王建。

③程：里程、驿程。

④朝元阁：见王建《宫词》注。

⑤长杨：秦汉时期的宫殿名，内有连绵的垂杨。

诗歌大意

行尽了江南数十里程，在破晓的风中与即将西沉的月亮映照下，走入了华清宫遗址。在朝元阁之上，西风急吹，那风吹入秦汉的长杨宫时，都已化成雨声。

短析

诗人怀古，通常是一种遥想古代，感叹沧海桑田的情怀。这首诗写于唐末，此时曾经辉煌的唐朝已经没落，华清宫毁于“安史之乱”，已成遗址，从这遗址又想到另一遗址秦汉长杨宫，西风急雨其实是诗人感叹沧海桑田变化的转化性意象。

清平调词①

李白②

云想衣裳花想容③，春风拂槛露华浓④。
若非群玉山头见⑤，会向瑶台月下逢⑥。

注释

①清平调：这首诗并非“诗”，而是“词”。天宝年间，唐玄宗与杨贵妃于沉香亭观赏牡丹，召李白作歌词，相传李白当时仍未酒醒，作了《清平调》三首，这是其中一首。

②李白（701—762）：字太白，号青莲居士，唐朝

人，其祖籍陇西成纪（今属甘肃），有一说法称他出生于碎叶城（今吉尔吉斯斯坦的托克马克附近），幼年随父迁居四川。李白诗歌如其人，任侠豪放，浪漫不羁，上天入地，有“诗仙”之称，贺知章见其文章叹为“谪仙人”。

③想：似、好像。

④槛：栏杆。露华浓：带露水的牡丹更鲜艳。华，同“花”，此指牡丹。

⑤群玉：群玉山，传说为西王母居住的仙山。

⑥会：应当。瑶台：即瑶池，古代神话中神仙居住之处。

诗歌大意

云彩好似她的衣裳，花朵好似她的娇容。春风拂过栏杆，带有露水的牡丹浓艳。若不是在群玉仙山中遇见，也应当是在王母瑶池下相逢。

短析

这首诗歌有着双重的意义，它既赞美牡丹，也赞美杨贵妃。云彩联想到衣裳、花朵联想到美丽的容貌，既可是杨贵妃之美，也可是牡丹的艳丽。“春风拂槛露华浓”，既点出了时间、地点，又渲染着气氛。最后两句写“有一些东西”若不是在仙山上见着，也应在仙池中才能遇到，诗人没有点明主语。这“东西”是牡丹还是杨贵妃？诗人没有说明，但读者心里有数。这是一首歌颂之作，但诗中美丽的语言如同双面刺绣的效果，显示出它的不平凡，这就是李白的诗才。

题邸间壁[1]

郑会[2]

荼蘼香梦怯春寒[3]，翠掩重门燕子闲[4]。
敲断玉钗红烛冷，计程应说到常山[5]。

注释

①题：题诗。邸：住宅，府邸，这里指旅舍。壁：墙壁。

②郑会：字有极，号亦山，生卒年不详，南宋人。一说此诗的作者为郑谷。

③荼蘼：又称“酴醾”，花名。

④翠：碧绿或苍翠，这里应指苍翠的夜色。重门：一重一重的门户。

⑤计程：计算路程。常山：今浙江省西部。

诗歌大意

阵阵荼蘼花的幽香飘进妻子的梦中，但她怯惧春天的寒意。苍翠的夜色遮掩着重重门户，燕子闲飞着。妻子敲断了发钗，夜里的红烛很冷。她屈指计算路程，离家的丈夫应该已经到达常山。

短析

这是一首题写在旅舍墙壁的诗，诗人就是那位离家在外的丈夫。他在旅程中夜宿客舍，想象家中妻子想念自己，敲断玉钗计算自己的行程。妻子是否想念他？我们不得而知，不过，我们知道诗人肯定在想念妻子，春天的“寒”、红烛的“冷”，既是想象中妻子的感受，也是诗人离家在外的感受。

绝句①

杜甫②

两个黄鹂鸣翠柳③，一行白鹭上青天④。
窗含西岭千秋雪⑤，门泊东吴万里船⑥。

注释

①绝句：近体诗的一种，有五言绝句与七言绝句。这首诗写于广德二年（764），是其《绝句四首》的第三首。诗歌以“绝句”为题，可能是没有诗题，或在流传中失去了诗题。

②杜甫（712—770）：字子美，唐代诗人，祖籍襄阳（今属湖北），居长安杜陵。杜甫是唐代诗人杜审言的孙子，他的诗歌集汉魏六朝之大成，精于用字、句法，风格多样，沉郁顿挫，充满了中国古代儒者的悲悯之情。他写了很多刻画史事的诗歌，反映了唐代安禄山之变后的社会情况，世称“诗史”。杜甫又被尊为“诗圣”，与李白合称“李杜”。

③个：只。黄鹂：黄莺。

④一行白鹭：白鹭喜欢成群出没，飞行时会排成一行，故诗称“一行白鹭”。

⑤西岭：四川成都西面的岷山。

⑥东吴：指江苏、浙江一带，三国时为吴国的属地。

诗歌大意

两只黄莺在翠柳间鸣叫，白鹭排成一行飞上青天。窗户蕴蓄着西岭上那仿佛积存千年的雪，门前停泊了来自或欲去东吴的万里行船。

短析

这首诗是一幅用文字写成的画卷，不过，这画卷是动态的。读这首诗，我们感觉自己变成了杜甫，以他的眼睛去看唐朝的四川成都，他听到黄莺鸣叫，看到白鹭飞上青天，转眼过来，又看到窗户外的西岭积雪，门外停泊的船只。四幅优美的图画合成了本诗。此外，我们也可以看到优美的“语言”，这首诗实际上由两个对偶句组成，即“两个黄鹂鸣翠柳”对“一行白鹭上青天”，“窗含西岭千秋雪”对“门泊东吴万里船”，字词对得非常自然。因此，可以说这是一首极具“图像”与“语言”美感的诗歌。

海棠

苏轼

东风袅袅泛崇光[①]，香雾空蒙月转廊[②]。
只恐夜深花睡去[③]，故烧高烛照红妆[④]。

注释

①袅袅：烟雾缭绕的样子。崇光：春光，这里应指海棠荡漾着光华。

②空蒙：空灵而迷蒙。月转廊：月光向回廊转移。

③花睡去：相传杨贵妃醉酒未醒，唐玄宗戏说：“真海棠睡未足耳。”以海棠睡眠比喻贵妃未醒。诗人在这里使用了这一比喻。

④红妆：指海棠花。

诗歌大意

一阵阵风吹来，烟雾缭绕，海棠花荡漾着光华。香气如雾，空灵而迷蒙，月光向回廊转移。夜深了，我只怕海棠花会沉沉睡去，因此点起红烛照着它。

短析

诗歌的前两句非常精致，缭绕的风、荡漾的光、空蒙的香雾、转移的月光，这些字句不只有声色香味，而且有浪漫情调。而苏轼的可爱之处，在于描绘了这样的浪漫后，笔锋一转，变为简易的散句。“只恐夜深花睡去，故烧高烛照红妆”是散文“因为……所以……”的写法，无论是写法还是句意，都有着一种苏东坡式的洒脱。

清明①

杜牧②

清明时节雨纷纷，路上行人欲断魂③。
借问酒家何处有，牧童遥指杏花村④。

注释

①清明：中国传统二十四节气之一，一般在阳历的四月四、五或六日。

②杜牧（803—852）：字牧之，唐代京兆万年（今属陕西）人。杜牧出身名门，二十多岁便中了进士，但并未做过高官，只做过州刺史、司勋员外郎和中书舍人等官职。杜牧很有政治抱负，咏史诗写得非常出色。此外，他在宣城和扬州时，也写了一系列清丽的抒情诗。

③断魂：因遇大雨狼狈败兴而心神困苦，犹如失魂落魄一样。

④杏花村：杏花深处的人家。

诗歌大意

清明时节，雨落纷纷，路上的行人狼狈败兴，犹如失魂落魄一样。于是行人向牧童问路："请问哪里有歇脚的酒家？"牧童向远处指了指杏花深处的人家。

短析

这首诗可以说是最著名的清明节诗歌，它写得简易、清新而优美。它的好处，在于以生动精彩的方式描写了一个狼狈落魄的行人形象，在"雨纷纷"之下"欲断魂"；而动人之处则在于，在如此糟糕的行程之下，还有一处美丽的杏花深处的人家。

清明

王禹偁[①]

无花无酒过清明，兴味萧然似野僧[②]。
昨日邻家乞新火[③]，晓窗分与读书灯[④]。

注释

①王禹偁（954—1001）：字元之，北宋济州钜野（今属山东）人。王禹偁为宋太宗朝进士，历数官，因正直敢言，故屡遭贬谪。他的诗歌效法白居易，风格自然平易，内容上有的反映了民间疾苦。

②兴味：兴致、趣味。萧然：萧索的样子。

③乞新火：这里指寒食过后的清明时节，去求讨邻家新钻之火种。古代习俗，清明前一或二日为寒食节，不点灯不生火，新火是寒食节过后的新火种。乞，乞讨。

④晓窗：清晨的窗户。

诗歌大意

无花无酒地度过清明节，那萧索的兴致犹如山野僧人一样。昨日向邻居求讨新火种，于破晓之时，把此火种分给窗边做读书照明之用的灯盏。

短析

这首诗写的是诗人寒窗苦读的情景。在古代，清明节是一个佳节，也是一次亲友聚会的机会，家家户户遵照传统习俗，借此机会赏花、喝酒、欢聚。而诗人呢？在佳节中，没有花也没有酒，就连火种也要向邻居求讨，在清晨天未亮的时候便点起灯读书，这就是古人寒窗苦读的情景。“十年窗下无人问，一举成名天下知”，苦读是为了有出头之日，这份心情古今皆同，古代的读书人与现代的莘莘学子，读此诗时应该感到心有戚戚吧。

社日①

王驾②

鹅湖山下稻粱肥③，豚栅鸡栖对掩扉④。
桑柘影斜春社散⑤，家家扶得醉人归。

注释

①社日：古代春秋两次祭祀土神，全村的人聚在一起祭祀、宴会，称春社、秋社。这里指的是春社。《全唐诗》中，此诗题为《社日村居》。

②王驾：字大用，生卒年不详，唐代河中（今属山西）人，为昭宗朝进士。一说这首诗的作者为张演。

③鹅湖山：山名，位于江西省铅山县。

④豚：小猪。栅：猪圈。栖：鸡舍。掩：关上。扉：门户。

⑤桑柘：桑树和柘树。影斜：太阳落下，影子偏斜。

诗歌大意

鹅湖山下的稻米与高粱十分肥美。带有猪圈与鸡舍的人家门户对掩着。日落时分，桑树和柘树的影子长长地偏斜，春社结束后聚会的人都散去了，每一家都要扶着喝醉的人回家。

短析

在诗人笔下，农村生活非常安乐，稻粱肥美、养猪饲鸡、种桑喂蚕，到了春社祭祀之日，又是家家户户聚会喝酒的热闹情景。这首诗歌，诗人用了很多借代的手法，他用“稻粱肥”代表食物丰富，用“豚栅鸡栖”代表农村人家，用“桑柘影斜”代表太阳西斜，用“扶得醉人归”代表春社宴会的满足和快乐，这些都是图像化的意象，正如一幅画一样，这比直接说明农村生活多么快乐来得鲜明活泼。

寒食[①]

韩翃[②]

春城无处不飞花[③]，寒食东风御柳斜[④]。
日暮汉宫传蜡烛[⑤]，轻烟散入五侯家[⑥]。

注释

①寒食：先秦的晋文公要请介子推出山，在清明节前二日，放火烧山相逼，不料把介子推活活烧死。晋文公为了纪念他，规定此日不能生火，后逐渐演变成古代节日，称为“寒食节”。

②韩翃：字君平，生卒年不详，唐代南阳（今属河南）人，唐玄宗天宝十三年(754)进士，为“大历十才子”之一。

③春城：春天的京城长安。飞花：春天的落花。

④御柳：皇宫苑内的杨柳。

⑤日暮：日落，这里指夜晚。汉宫：这里比喻唐朝的皇室。传蜡烛：寒食节不点灯不生火，但宫廷却向某些人传送蜡烛。

⑥轻烟：蜡烛的烟。五侯：西汉成帝封其五位妻舅为侯，东汉桓帝也曾封五位宦官为侯，两者都称五侯，这里以五侯喻皇戚权贵。

诗歌大意

春天的长安城无处不飘舞着落花，寒食节的东风吹得皇宫苑内的杨柳倾斜了。日落时分，皇宫内向一些人传送蜡烛，蜡烛的轻烟飘散到如“五侯”那样的权贵府第中。

短析

寒食节是晋文公为了纪念介子推而流传下来的节日，节日的意义，莫过于缅怀介子推的隐逸与宁死不屈的高尚情操。在这一日，宫廷和权贵之家竟然点起蜡烛，他们是如此“特殊”，受到特殊对待，这无疑是一个大大的讽刺。诗人巧妙地利用历史事件，表面上是说“汉宫”和“五侯”，实际上，大家都能意会这是借古讽今。诗人把“奢华”“特殊优惠”转化成“传蜡烛”与“蜡烛的烟”，这是一种形象的手法。此外，本诗的第一句“春城无处不飞花”写得非常美，流传甚广。相传唐德宗要韩翃担任官职，当时有两个人都叫韩翃，而唐德宗便说要“春城无处不飞花”的那位！

江南春

杜牧

千里莺啼绿映红①，水村山郭酒旗风②。

南朝四百八十寺[3]，多少楼台烟雨中。

注释

①绿映红：红花绿叶相互辉映。

②郭：城墙，或指外城。酒旗：酒店挂着的旗子，类似招牌。

③南朝：南北朝时期，南方的宋、齐、梁、陈四朝。南朝是佛教传入中国的第一个高峰时期，香火鼎盛，因此当时寺庙非常多。

诗歌大意

千里之外的黄莺啼叫着，红花绿叶相互辉映，这里有河水、村庄、山峰与城郭，风吹着酒店外面挂着的旗子。遥想南朝所建的四百八十座寺庙，现在还有多少楼阁置身于轻烟细雨之中呢？

短析

江南美好的风景总令人神往。古代中原实际上是指长江以北，那里四季分明，春夏颇为短促，所以南方的四季如春对人们更具吸引力。诗歌的首两句便写出梦幻般的风景，非常美，也涉及了一个有趣的故事：有些古人认为，诗人于千里之远，是不能听到黄莺啼叫的细微之声的，眼睛也只能看到花朵树木混成一团，不能看到清晰的红花绿叶。这些古人这样说，是以理性的角度分析事物，然而诗歌不是拿来“分析”的，而是用来“感受”的，我们只需要感受诗句的美即可。这首诗中的描写并不是真实的景象，而是诗人幻想出来的美丽南国。

上高侍郎①

高蟾②

天上碧桃和露种③，日边红杏倚云栽。
芙蓉生在秋江上④，不向东风怨未开。

注释

①《全唐诗》中，此诗题为《下第后上永崇高侍郎》。

②高蟾：生卒年不详，唐代河朔（今属河北）人，僖宗朝进士，官至御史中丞。

③和：连带。

④芙蓉：荷花。

诗歌大意

种植在天上的碧桃沾带着天露，栽种于日边的红杏斜倚着云彩。荷花生长在秋天的江上，没有向东风埋怨它不能开放。

短析

如果只看诗歌，我们或许只能简单地理解，荷花不如碧桃、红杏，可以在天上或太阳旁边开放。然而，这首诗是《下第后上永崇高侍郎》，即是说诗人科举落第后，投给高侍郎（高骈，唐代节度使）的一首诗，如此，诗歌便具有更深的含义。那些碧桃、红杏混合着天露、云彩，当然是有所倚傍，依靠着权势步步高升。而诗人呢？他只是秋江上的芙蓉，没有什么可以依靠的背景，诗的最后一句以荷花不埋怨不能开放，代表他没有埋怨自己落第。然而，细品诗歌，他真的不埋怨吗？诗人似乎在说反语。

绝句[①]

僧志南[②]

古木阴中系短篷[③]，杖藜扶我过桥东[④]。
沾衣欲湿杏花雨[⑤]，吹面不寒杨柳风。

注释

①诗歌以“绝句”为题，可能是没有诗题，或在流传中失去了诗题。

②僧志南：南宋诗僧，生平不详。一说这首诗的作者为唐朝的僧志安。

③短篷：有篷的小船。

④杖藜：用藜制造的拐杖。

⑤杏花雨：杏花开放时节下的雨，即春雨。

诗歌大意

古老树木的树荫下系着带篷的小船，藜造的拐杖撑扶着我走过桥的东边。我的衣服期望被沾湿，亲近一下那杏花雨，杨柳风迎面吹来，我一点都不觉得寒冷。

短析

诗中的动词用得很传神，树荫下“系”着小船，非常自然安静，拐杖“扶”着僧人，好像有一位好心人在老僧人身边搀扶一样。此外，诗人心里很安稳、安乐，雨是杏花雨，风是杨柳风，他想要去亲近，不觉得寒冷，外界的风风雨雨在诗中都化作美丽的事物。

游小园不值①

叶绍翁②

应怜屐齿印苍苔③，小扣柴扉久不开④。
春色满园关不住，一枝红杏出墙来。

注释

①诗题一作《游园不值》。不值：没有遇到小园的主人。

②叶绍翁：字嗣宗，号靖逸，生卒年不详，南宋龙泉（今属浙江）人，做过一些小官，后弃官，住在西湖边。一说这首诗的作者为叶适。

③屐齿：木屐下防止滑倒的木齿。苍苔：青苔。

④扣：敲。柴扉：柴门。

诗歌大意

可能是怜悯被我木屐的木齿踏印的青苔，因此，我多次敲门，门也不开。不过，一扇柴门是关不住那满园春色的，那里正有一枝红杏探出墙头。

短析

这是一首名作。前两句写诗人敲门，但没有人回应，他觉得有点气馁，不过他的心境很快便转变过来。他留意到虽然园子的主人把满园的春色关起来，但仍然有一枝红杏越过封锁，展现它的风姿。这个意境非常活泼，仿佛春天是一个孩子，非得走出来看看这个世界。“一枝红杏出墙来”展现出一个活泼生动的意象。

客中行[①]

李白

兰陵美酒郁金香[②]，玉碗盛来琥珀光[③]。
但使主人能醉客，不知何处是他乡。

注释

①客中：客居在外。

②兰陵：古代地名，一说在今山东省，另一说在今江苏省。郁金：香草名，用以浸泡酒使酒色金黄。

③琥珀：一种树脂化石，黄色或褐色，可作饰物，这里用来形容美酒的色泽。

诗歌大意

兰陵的美酒用郁金香草浸泡，香味浓郁，用玉碗盛来，发出琥珀般的光辉。如果主人能用这种美酒让客人大醉一场，他必定分不清哪里才是故乡。

短析

离乡背井总是让人痛苦的，诗歌中的思乡之情到处可见，例如“独在异乡为异客，每逢佳节倍思亲”，或者“举头望明月，低头思故乡”。而在这首诗里，思乡之情就在主人的酒与客人的醉之中。大醉一场忘记一切，包括忘记对故乡的思念，而事实上，这种大醉还有着一种豪情。此外，诗的第一、二句华丽精美，第三、四句直率洒脱，手法与苏轼的《海棠》诗相似。难怪有人说，苏轼的诗歌承接了李白。

题屏[①]

刘季孙[②]

呢喃燕子语梁间[③]，底事来惊梦里闲[④]。
说与旁人浑不解[⑤]，杖藜携酒看芝山[⑥]。

注释

①题：题诗。屏：屏风。

②刘季孙（1033—1092）：字景文，北宋开封（今属河南）人，曾任官职，持身清廉。传闻北宋名臣王安石偶读此诗，问是谁作，知是刘季孙，即差他为慑州学事，刘季孙因而知名。

③呢喃：燕子细细的叫声。梁：屋梁。

④底事：何事。

⑤浑：完全。不解：不能理解。

⑥芝山：山名，应指现今江西鄱阳县的芝山。

诗歌大意

燕子在屋梁之间呢喃着，到底是什么事呢？它们都要把我悠闲的梦惊醒了。燕子的事情，说给旁人听，旁人也不能了解，我还是拿着拐杖和酒去芝山欣赏风景吧。

短析

这首诗隐藏了一个疑问：究竟燕子说了什么呢？它可以把诗人惊醒，说给旁人听，旁人也不能了解。这个疑问，诗中没有解答。不过，诗歌的妙处正在于没有解答，让读者可以自由想象。或者燕子说的是大自然的奥妙，人类不能理解；又或者，燕子就是“诗人”。诗人的情趣、抱负与平凡人不同，因此他说了也是白说，倒不如去芝山喝酒好了。这种种猜想都在可解与不可解之间，让诗歌充满了无穷韵味。

漫兴[①]

杜甫

肠断春江欲尽头[②]，杖藜徐步立芳洲[③]。
颠狂柳絮随风舞，轻薄桃花逐水流[④]。

注释

①漫：随便、闲散。兴：兴致。

②肠断：愁肠欲断，指不快的情绪。欲尽头：将要流到尽头。

③徐步：慢步。芳洲：长满花草的小洲。

④轻薄：可解作轻佻、不正经，这里比喻桃花瓣飘落水中随波逐流，显得很轻浮。

诗歌大意

使人愁肠欲断的，是那将要流到尽头的春江水，我拿着拐杖缓慢前行，站在长满花草的小洲上。我看见柳絮放荡不羁地随风舞动，桃花轻浮地随流水而去。

短析

漫兴，就是闲散的、散漫的心情，是偶然出现的、不太严肃的情绪。诗人可能在漫步山野的时候，看见春天快要结束了，因而哀愁起来。因此，连诗歌中很多美丽飞舞的柳絮，在诗人眼中，都变得“颠狂”，缤纷的落花，也变得“轻薄”。这都是诗人的心情投射在景物上的缘故。不过，“颠狂”与“轻薄”，这两个词用得真巧妙，谁会想到柳树、桃花的自然动态就像疯子与公子哥儿的行径呢？

庆全庵桃花[1]

谢枋得[2]

寻得桃源好避秦[3]，桃红又是一年春。
花飞莫遣随流水[4]，怕有渔郎来问津[5]。

注释

①庆全庵：地名，不知在何处。

②谢枋得（1226—1289）：字君直，号叠山，南宋弋阳（今属江西）人，与文天祥为同科进士。南宋灭亡后，元朝强逼谢枋得出仕，他拒绝做官，绝食而死。

③桃源：桃花源，即世外桃源。陶渊明曾作《桃花源记》，描述一名渔夫偶尔到达一个种满桃花的地方，里面住着一群躲避秦乱的居民，安居乐业如世外仙境。

④莫遣：莫使，不要让。

⑤津：本义为渡口，这里指道路。

诗歌大意

寻找到一个世外桃源，好避开秦国的暴政，桃花红了，又是一个春天。花瓣飞落时，不要让它随水漂流，因为怕再有寻找桃花源的渔夫出现，前来问路。

短析

我们如果能了解谢枋得的生平背景，可能有助于更好地解读这首诗。谢枋得生于南宋，经历了元朝挥军南下，直至南宋灭亡的历史过程。谢枋得被逼出仕元朝，后来绝食身亡。在这个背景之下，诗歌中的“避秦”，也是“避元”，诗中的桃花源，正是他渴望的安宁世界。诗中说不要让渔夫找到桃花源，也是躲避异族迫害的意思。

玄都观桃花①

刘禹锡②

紫陌红尘拂面来③，无人不道看花回④。
玄都观里桃千树，尽是刘郎去后栽⑤。

注释

①玄都观：唐朝京城长安的一所道观。《全唐诗》中，此诗题为《元和十年自郎州召至京戏赠看花诸君子》。

②刘禹锡（772—842）：字梦得，唐代洛阳（今属河南）人，德宗贞元年间进士，官至监察御史。刘禹锡常常因事贬官在外，留在京城的时间很少，本诗与下诗便是因此有感而发。他的诗歌清丽，尤其以学习民歌《竹枝词》而著名，名句有“东边日

出西边雨，道是无晴却有晴”。

③紫陌：京城的大道。拂面：扑面而来。

④看花回：看完桃花回来。

⑤刘郎：指刘禹锡自己。

诗歌大意

京城大道的尘土扑面而来，没有一个人不是说自己是刚看完桃花回来的。玄都观里的千棵桃花，都是刘郎我离开京城后才种的。

再游玄都观

刘禹锡

百亩庭中半是苔[①]，桃花净尽菜花开[②]。
种桃道士归何处，前度刘郎今又来。

注释

①苔：苔藓、青苔。

②净尽：全都没有了。

诗歌大意

百亩的庭园里，一半都是青苔，桃花全都没有了，菜花径自开放。种植桃花的道士去了哪里？上次来参观的我，现在又再度来到此地。

短析

这两首诗有前后连贯的关系，中间有两次离开，两次返回。《玄都观桃花》写诗人第一次被贬官离开京城后，道观种了桃花，十年后诗人回到京城，桃花已经长成，看桃花也成了京城人们的潮流活动。这时，他慨叹着离开之久——“玄都观里桃千树，尽是刘郎去后栽”——然而，写这首诗时，他没有预料到自己很快又被贬官，这次的离开长达十四年。《再游玄都观》写诗人十四年后重游故地，玄都观荒芜了，以前人们争相观看的桃花全都没有了，只有菜花，他慨叹着物是人非：“种桃道士归何处，前度刘郎今又来。”

两首诗歌讲述的时间跨度长达二十四年，正是他人生中风华正茂的阶段，然而这二十四年他却是在不断贬官的状态中度过的。因此，这不只是物是人非的慨叹，更是诗人个人际遇的慨叹，两首诗歌仿佛是诗人半生辛酸的缩影。

滁州西涧[①]

韦应物[②]

独怜幽草涧边生[③]，上有黄鹂深树鸣[④]。

春潮带雨晚来急，野渡无人舟自横。

注释

①滁州：地名，今安徽省滁县。西涧：滁州城西的一条河流。

②韦应物（737—792）：唐代京兆（今属陕西）人，经数官，曾为苏州刺史，故称“韦苏州”。韦应物诗歌风格自然淡远，上接陶渊明与王维，是唐代著名的山水田园诗人。

③独怜：独独喜爱，在古代，“怜”字也有“爱”的意思。

④黄鹂：黄莺。

诗歌大意

我独独喜爱生长在溪涧旁边的幽草，上面有黄莺在深树之间鸣叫。晚来的春潮夹带着雨水，来得非常急促，偏僻的渡口一个人也没有，只有小舟在江水上独自横泊着。

短析

在一个下着大雨的春夜，河上的潮水急促汹涌，在这么恶劣的环境之中，只有一只小船，在没有人烟的情况下，独自横亘在江水之中。这种感觉就像一个清高的人，在恶劣的环境下，独自一人面对外界的风风雨雨，这一意象十分清高，因此“野渡无人舟自横”亦成为千古名句。

花影

谢枋得

重重叠叠上瑶台[①]，几度呼童扫不开[②]。
刚被太阳收拾去，却教明月送将来[③]。

注释

①瑶台：高台。

②呼童：呼唤童仆。

③送将来：将……送回来。将，助词，无实义。

诗歌大意

那些花的影子重重叠叠地堆积着，多得直上高台，我多次呼唤童仆打扫，但始终都扫不开。它刚刚被太阳的光线收拾了，一会儿明月又将它送回来。

短析

重重叠叠的花影，在太阳光线的照射之下变得稀少，这是因为太阳从头顶强烈地直射，因此没有影子，而明月光线柔和，可能还配合着一定的方位，因此影子很多。写花影的诗歌很多，但这首诗的角度非常新鲜。

北山[①]

王安石

北山输绿涨横陂[②]，直堑回塘滟滟时[③]。
细数落花因坐久，缓寻芳草得归迟[④]。

注释

①北山：南京城东的钟山，是王安石别墅的所在地。

②输：输送、运送，这里有生长的意思。涨：涨满。陂：河或湖的水岸。

③直堑：笔直的水沟。回塘：回环的池塘。直堑、回塘都是北山别墅的风景。滟：水光荡漾。

④得：以致。

诗歌大意

北山输送着绿意，水波涨满河岸，那笔直的水沟与回环的池塘水光荡漾。我细数着落花，因而闲坐了许久，又缓缓地寻找那芳草，所以耽搁了归去的时辰。

短析

王安石用字精巧，这首诗又是一个例子。“北山输绿”的“输”，是不常见的用法，输有输送、运输的意思，但北山如何能输送绿色？只有依靠我们的想象力了。输送是一个动作，从一个地方运送到另一个地方，营造了一种生长、蔓延的感觉，因此“北山输绿”让人感到绿水一格又一格地增加，很有动感。另一方面，这首诗的后两句“细数落花因坐久，缓寻芳草得归迟”也非常著名，古人称赞它看似闲适、轻松自然，但细细品味，却有一种高雅的意境，这两句应脱胎自王维的“兴阑啼鸟唤，坐久落花多”，两首诗都同样出色。

湖上①

徐元杰②

花开红树乱莺啼，草长平湖白鹭飞。
风日晴和人意好，夕阳箫鼓几船归③。

注释

①湖：杭州西湖。

②徐元杰：字仁伯，生年不详，卒于 1245 年，南宋信州上饶（今属江西）人，官至工部侍郎。

③箫鼓：箫管与鼓，泛指乐器。

诗歌大意

黄莺在开满红花的树上争相啼叫，白鹭在草丛和平静的湖面上飞行。天气晴朗、风和日丽，人的心情也很好，在日落时，船只伴随着箫鼓乐器的声音归来。

短析

如果分析这首诗，我们可以发现前三句具有相同的情调：黄莺在树上啼叫，白鹭在湖上飞，风和日丽，人的心情很好，都是一种光亮、柔和、轻快的感觉。而第四句呢？它与前三句的情调完全不同，夕阳是红红的、箫鼓是热闹的，是一种浓烈、热闹的感觉。这首诗的好处，正在于前三句与第四句的转折和对比，给人一种鲜明的感觉。

漫兴①

杜甫

糁径杨花铺白毡②，点溪荷叶叠青钱③。
笋根雉子无人见④，沙上凫雏傍母眠⑤。

注释

①杜甫有《绝句漫兴九首》，此为第七首。

②糁：饭粒，这里作动词用，形容像饭粒般分散。杨

花：杨树的花，白色，落时飞散下来。

③点：形容初生荷叶一点一点的样子。青钱：古代的铜钱，青指苍深的青色。

④雉子：小野鸡。一作“稚子”，指嫩笋芽。

⑤凫：野鸭子。雏：初生的动物。

诗歌大意

小路上飞落分散的杨花，像铺着一条白色的毛毯，溪上一点一点的荷叶，像层叠着的青铜钱。竹笋根部的嫩笋芽，没有人看见，沙上初生的野鸭子，正依偎着母亲酣然入眠。

短析

从这首诗中，我们可以看到杜甫写诗的能力的确出色，一句之中，使用两种不同的比喻，来描述同一事物的两种状态。杨花落下时像饭粒一样飞散，而落下后又像铺着一层白毯子；荷叶的形状既是一点一点的，同时颜色和状态又像铜钱。这一连串的比喻紧密地汇聚在一句七字之中。而后两句写小动物的可爱与温馨，又让人感到自然、亲切。

春晴[1]

王驾

雨前初见花间蕊，雨后全无叶底花。
蜂蝶纷纷过墙去，却疑春色在邻家。

注释

①《全唐诗》中，此诗题为《雨晴》，又作《晴景》。

诗歌大意

下雨之前，可以看见花朵的细蕊，下雨之后，叶底已凋落得完全没有花朵了。蜜蜂和蝴蝶纷纷飞过墙壁那端，使我怀疑春色在邻居的园中。

短析

读完这首诗后，我们可以思考一个问题：同是下雨天，为什么邻家的花没有被打落？为什么邻家有满园春色吸引蜜蜂和蝴蝶飞去呢？可能是有遮风挡雨的庭园，或者是贵人的扶持，又可能是邻家主人的辛勤呵护，总之，邻家一定有些东西，是诗人没有的。

春暮[1]

曹豳[2]

门外无人问落花，绿阴冉冉遍天涯[3]。
林莺啼到无声处，青草池塘独听蛙。

注释

①暮：晚。

②曹豳（1170—1250）：字西士，南宋瑞安（今属浙江）人，宋宁宗嘉泰二年（1202）进士。

③冉冉：逐渐地、慢慢地。

诗歌大意

门外的落花没有人过问，绿叶生长，绿荫蔓延，逐渐地遍及遥远的地方。树林里的黄莺从年轻啼到老去，已经没有声音了，我在青草池塘边独自听着蛙鸣。

短析

暮春即是春末，夏天要来了，这时花都已开尽，所以是“落花”。春末黄莺也不叫了，因此是“无声”。而夏天绿树长得很好，因此绿荫越来越多，夏天青蛙开始叫了，因此是“独听蛙”。诗歌的第一、三句暗示春天将尽，二、四句暗示夏天已到。

落花[①]

朱淑贞[②]

连理枝头花正开[③]，妒花风雨便相催[④]。
愿教青帝常为主[⑤]，莫遣纷纷点翠苔[⑥]。

注释

①在朱淑贞诗集中，此诗题为《惜春》。

②朱淑贞：号幽栖居士，南宋女诗人、词人，钱塘（今属浙江）人。朱淑贞幼读诗文，工于诗歌书画，然而嫁与市井之徒为妻，相传两人性格与爱好都不相合，又传其夫粗野负心，朱淑贞婚后长期抑郁，写下许多哀怨的诗词。

③连理枝：两棵树木的枝条交缠在一起生长，比喻爱情缠绵、夫妻恩爱。

④妒花风雨：妒忌花朵的风雨。催：通“摧”，摧残。

⑤青帝：掌管春天的神灵。

⑥点：点落。翠苔：青翠的苔地，这里指花落在地上。

诗歌大意

恩爱缠绵的连理枝上，花朵开得正茂盛，妒忌花朵的风雨却来摧残它，我希望掌管春天的神灵不要离开，一年到头都做主，不要让花朵凋零后纷纷落在地上。

短析

这首诗有很多转折，就像一个故事。第一句是美丽的爱情，第二句是转折，仿佛有人在棒打鸳鸯，第三句和第四句又转折了，相爱的人要分离，因此盼望着春神能够“做主”，让爱人长相厮守。写这首诗时，朱淑贞的生活是怎样的？她是已经嫁人了，还是没有出嫁？我们可以想象，如果她未出嫁，那她在写诗时应该敏感多情又不失对爱情的期待吧；如果她已经嫁给那位与她志趣不相投的丈夫，那恐怕是怀着失望的心情而写下这诗的。

春暮游小园

王淇[①]

一从梅粉褪残妆[②]，涂抹新红上海棠。
开到荼蘼花事了[③]，丝丝天棘出莓墙[④]。

注释

①王淇：宋朝人，字菉漪，生平不详。
②一从：自从。褪残妆：褪下残败的妆容，即梅花凋谢。
③花事了：荼蘼花在春末夏初开放，春天百花盛开，春末已经开完了，要结束了，因此称“花事了”。
④天棘：一种有刺的荆棘。莓：青苔。

诗歌大意

自从梅花凋谢，褪下残败的妆容，海棠花便涂抹上新鲜的红色。到了荼蘼花开的时候已临近春末，繁花盛开的情况便要结束了，这时又有一丝一丝的天棘越出布满青苔的墙头。

短析

春梅凋谢，夏之海棠开放；春天花季结束，夏季天棘生长——这首诗的手法与曹豳《暮春》非常相似，他们同样是写春天结束夏天来临的时分，同样是以一、三句写春末，二、四句写初夏，亦同样是以景物暗示季节。不过，本诗的精彩之处莫过于语言，一句“花事了”便概括了春天百花盛开的完结，因此“开到荼蘼花事了”也成为非常著名的诗句。

莺梭[①]

刘克庄[②]

掷柳迁乔太有情[③]，交交时作弄机声[④]。
洛阳三月花如锦，多少工夫织得成。

注释

①莺梭：黄莺飞来飞去，如同织布机的梭子一样穿来

插往。

②刘克庄（1187—1269）：字潜夫，号后村，南宋莆田（今属福建）人。他是南宋晚期的重要诗人，其诗呈现孤静清幽的风格。

③掷柳：这里指黄莺在柳树上跳来跳去。掷，跳跃。迁乔：迁移到乔木上，出自《诗经·小雅·伐木》“出自幽谷，迁于乔木”句。

④交交：黄莺的叫声，出自《诗经·秦风·黄鸟》“交交黄鸟，止于棘”句。机声：织布机的声音。

诗歌大意

黄莺在柳枝之间跳来跳去，又迁移到高高的乔木上，看起来真有情意。它们发出交交的叫声，仿如织布机的声音一样。洛阳的三月繁花似锦，这匹布不知要黄莺们费多少工夫才能织出来？

短析

这首诗显示了古代诗歌的一种创作手法，就是使用“典故”。“迁乔”与“交交”皆出自《诗经》，暗示了两首诗背后的故事。使用“典故”可以增加诗歌的深度，不过，如果典故太深奥，便会使人读不懂诗句。这首诗的好处，在于使用典故浅显晓畅，就算我们不知晓两词是出自《诗经》，也能理解诗歌的含义。此外，把三月洛阳比作锦绣布匹，把黄莺比作织布者，由此呈现出一幅美丽的画面。

暮春即事[①]

叶采[②]

双双瓦雀行书案[③]，点点杨花入砚池[④]。
闲坐小窗读《周易》，不知春去几多时[⑤]。

注释

①即事：当前的事物。

②叶采：字仲圭，号平岩，生卒年不详，南宋建阳（今属福建）人，宋理宗淳祐元年（1241）进士。一说这首诗的作者为叶李。

③瓦雀：屋顶瓦上的麻雀。书案：书桌。

④砚池：砚台保养贮水的地方。

⑤去：离去、流走。

诗歌大意

屋瓦上双双对对的麻雀在书桌上行走，细细点点的杨花落入砚池里，我闲适地坐在窗边读《周易》，也不知道春光流走了多少。

短析

“即事”指诗人看到眼前的景物，为这个画面写了一首诗，也有即兴的意思。因此，《暮春即事》是因兴致忽然到来，而写的一首很轻松的作品。它可能是诗人在读书时，忽然抬起头来，看见麻雀在书桌上行走，杨花飞进砚台，觉得很可爱而信笔写成的。然而，诗人正在读《周易》，这是一本有关卦象的书，是古人用以了解世界运行方式的书，故“周易”二字又为诗歌增添了一丝严肃与高深的气氛。

登山[①]

李涉[②]

终日昏昏醉梦间，忽闻春尽强登山[③]。
因过竹院逢僧话[④]，又得浮生半日闲[⑤]。

注释

①《全唐诗》中，此诗题为《题鹤林寺僧舍》。鹤林寺故址位于江苏镇江。

②李涉：号清溪子，生卒年不详，唐代洛阳（今属河南）人，早年与弟李渤一起隐居庐山，后出仕，官至太学博士。

③春尽：春天快要结束。强：强行，勉强。

④逢：遇到。僧话：与僧人聊天。

⑤浮生：飘浮无定、短暂的人生。

诗歌大意

我一天到晚昏昏沉沉，如同醉酒做梦一样，忽然听到春天快要结束，所以勉强去爬山。因为走过竹院而遇到僧人，我便与他聊天，这样使我觉得在浮生之中又得到半日的清闲。

短析

古人与我们一样，都有很多事务，有时终日忙碌，甚至连休息都忘记了。在繁忙生活中能闲适半天，是一种生活乐趣，或者，也是我们应有的生活态度，“又得浮生半日闲”这一句写得好，也是缘于这种生活情趣。这一句又作“偷得浮生半日闲”，是人所共知的名句，而李涉这个名字，对很多人来说却很陌生。有如此名句，却被人遗忘，难免有些不平，希望大家以后都能记得这一句诗的作者是“李涉”。

蚕妇吟

谢枋得

子规啼彻四更时[①]，起视蚕稠怕叶稀[②]。

不信楼头杨柳月，玉人歌舞未曾归③。

注释

①子规：杜鹃鸟。四更：大约凌晨一至三时。

②蚕稠：蚕虫太多。叶稀：桑叶稀少。“蚕稠怕叶稀”指怕蚕虫太多，桑叶太少，蚕虫不够吃。

③玉人：貌美如玉的佳人。

诗歌大意

杜鹃鸟整夜啼叫，到四更时分，妇人夜半起床看蚕，怕蚕虫太多桑叶太少，蚕虫不够吃。面对这样的情景，怎能让人相信在那拥有美丽杨柳和月亮的高楼上，有如玉的佳人在唱歌跳舞，还未回家。

短析

这首诗写了两种人和两种生活。前一种是劳动妇女，她辛勤工作，半夜还记挂着蚕虫会不会饿肚子；后一种是沉醉于享乐的女子，她在半夜仍在唱歌跳舞。诗人描绘了前后两个不同的画面，把它们并排放在一起，因此我们便会很自然地进行对比，虽然诗人没有予以批判，但我们仍会感受到诗歌强烈的批判性。

晚春

韩愈

草木知春不久归[1]，百般红紫斗芳菲[2]。
杨花榆荚无才思[3]，惟解漫天作雪飞。

注释

①不久归：不久之后就要回去。

②芳菲：花香。

③榆荚：榆树的果实，呈荚状，内有白絮，随风飞舞。

诗歌大意

花草树木知道春天不久之后就要回去了，因此百般争妍斗丽。杨花和榆荚没有才华和巧思，唯有像雪一样漫天飞舞，用这种方法来展现自己。

短析

“斗”和“无才思”都是诗人把花草拟人化了，它们会争妍斗丽，也会想尽办法突出自己，这样的拟人手法使诗歌变得分外可爱。杨花榆荚像雪一样飞舞，它们真的没有才思吗？大家都红红紫紫、散发着香气，而杨花榆荚却用上了新奇的方法。新奇的东西总会抓住别人的注意力，韩愈这首诗中的巧思不正如杨花榆荚一样吗？

伤春[1]

杨万里[2]

准拟今春乐事浓[3]，依然枉却一东风[4]。

年年不带看花眼，不是愁中即病中。

注释

①杨万里诗集中，此诗题为《晓登万花川谷看海棠》。

②杨万里（1127—1206）：字廷秀，号诚斋，南宋吉州（今属江西）人。杨万里的诗歌，起初学习宋代江西诗派，后来转学王安石与唐诗，最后他发现写诗不应该专学他人，因而形成了个人风格。他的诗风流畅自然，简易而充满生活趣味，被称为“诚斋体”。这首诗的作者，旧本误为“杨简”。

③准拟：预料，本来以为。浓：浓厚，这里是“许多”的意思。

④枉却：辜负。

诗歌大意

本来以为今年春天快乐的事会很多，但我依然辜负了春风的一番美意。每年我都无幸拥有一双赏花的眼睛，因为我不是身处在愁苦之中，就是身处疾病之中。

短析

春天是很美丽的季节，它离去的时候，花朵开尽，或许还会落英缤纷。很多诗人都会因为春天的离去而伤感，因而有了“伤春”这一类诗歌。不过，在这首诗里，诗人并不是因为春天流逝而感到伤悲。他去了一个叫“万花川”的地方赏花，也看到了花朵，但是他的心情不好，即使眼前繁花似锦，他仍然没有心情。“年年不带看花眼”，意思就是花朵在眼前，但却没有心思欣赏。我们不知诗人为何发愁，不过可以得知这首诗其实不是“伤春”——为春天的离开而伤感，而是“伤自己”——为自己的境遇而伤感。

送春①

王令②

三月残花落更开③，小檐日日燕飞来。
子规夜半犹啼血④，不信东风唤不回。

注释

①王令诗集中，此诗题为《春怨》。

②王令（1032—1059）：字逢源，北宋扬州（今属江苏）人。王令才华出众，王安石对他大为欣赏，还把自己妻子的妹妹嫁给他，可惜他二十八岁就去世了。

③更：又、再。

④子规：杜鹃鸟。啼血：啼叫不已，以至口中泣血。传说杜鹃花是杜鹃鸟啼血化成的花朵。

诗歌大意

春天三月，凋残的花朵落了又开，屋檐底下，天天都有燕子飞来筑巢。杜鹃鸟在夜半仍然啼叫以至泣血，它不相信这样不能唤回美好的春天。

短析

诗人对春天很迷恋、很执着。三月花朵凋零，初夏的燕子飞来，都暗示了春天的流逝。杜鹃鸟在半夜啼到出血，都要把春天唤回来，这其实是诗人将对春天的不舍之情，寄托在杜鹃鸟身上。这首诗的诗题是《送春》或《春怨》，而实际上更是“惜春”。

三月晦日送春①

贾岛②

三月正当三十日，风光别我苦吟身③。
共君今夜不须睡，未到晓钟犹是春④。

注释

①晦日：农历每月的最后一日，这里指农历三月三十日。按古代的历法，一至三月为春，所以这一日是春天的最后一日。《全唐诗》中，此诗题为《三月晦日赠刘评事》。

②贾岛（779—843）：字阆仙、浪仙，唐代范阳（今北京附近）人。贾岛曾经出家为僧，法号无本，后来还俗。他是唐代著名诗人，与韩愈等人交往甚密，诗歌风格孤清幽静。他非常喜爱诗歌，为了诗中的一个字或一个对句，他可以彻夜不眠，反复思考，是"苦吟诗人"的代表人物。

③苦吟：刻苦地作诗。

④晓钟：早晨的钟声。

诗歌大意

今日正是三月三十日，是春天的最后一日，美好的春光要离开我这个苦吟作诗的人了。今天晚上我与你都不要睡觉，只要早晨的钟声未响起，时间还是停留在春天。

短析

"共君今夜不须睡，未到晓钟犹是春"，这一句如同我们所看的一部极好的电影的最后一个镜头，甚至是片尾的花絮片段。这首诗与王令的《送春》一样，都表达了诗人喜爱春天，不舍春天的“珍惜”之情。此外，这首诗最引人注目的一点，是诗人说自己是“苦吟身”，“苦吟”是刻苦地创作，代表着诗人对艺术的执着，就算是一个字、一个对句，他都尽力地思考，力求达到完美。在这句中，我们可以知道诗人对诗歌的执着，亦可以知道，诗人也了解自己执着于诗歌。

客中初夏[①]

司马光[②]

四月清和雨乍晴[③]，南山当户转分明。
更无柳絮因风起，惟有葵花向日倾[④]。

注释

①客中：客居在外。此诗又作《居洛初夏作》。

②司马光（1019—1086）：字君实，北宋陕州（今属山西）人，相传是个神童。司马光一生历数官，因政见与王安石不合，反对变法而辞官居洛阳十五年。哲宗即位后，官至尚书左仆射，废除王安石的变法。他亦是《资治通鉴》的作者。

③四月清和：古代农历四月天气清明和暖，故称“清和”。乍：忽然。

④葵花：向日葵。倾：这里意指开放。

诗歌大意

“清和”四月，雨天忽然转为晴朗，对着窗户的南山，由朦胧转为清澈分明。再没有因风起舞的柳絮，只有葵花向着太阳开放。

短析

“更无柳絮因风起”这句源于一个小故事：晋朝太傅谢安，有一日，他在家里给一群儿女讲学，忽然外面下起雪来，他觉得很美，便问：“白雪纷纷何所似？”（白雪纷纷落下的样子像什么？）他大哥的儿子便说：“撒盐空中差可拟。”（这差不多好似在空中撒盐吧）后来他大哥的女儿谢道韫又说：“未若柳絮因风起。”（这个比喻把雪比作随风飞舞的柳絮）这时谢安大为喜悦。谢道韫的比喻比她哥哥的更具诗意，因而流传很广。在《客中初夏》中，诗人便沿用了“柳絮因风起”这一意象，从而把全诗写得清朗、简洁、流畅。

有约[1]

赵师秀[2]

黄梅时节家家雨[3]，青草池塘处处蛙。
有约不来过夜半，闲敲棋子落灯花[4]。

注释

①有约：与朋友有约会。此诗又作《约客》。

②赵师秀（1170—1220）：字紫芝，号灵秀，南宋永嘉（今属浙江）人。赵师秀是宋太祖八世孙，工于诗歌，风格孤清远逸，是南宋晚期“永嘉四灵”之一。一说这首诗的作者为司马光。

③黄梅时节：农历四、五月是梅子开始成熟，由青转黄的时节，此时经常下雨。

④灯花：灯芯烧成灰烬，像花的形状。

诗歌大意

梅子开始成熟转黄的季节，家家户户都经历着雨季，长着青草的池塘处处都是青蛙。我与朋友约好了，但等到半夜，他还没有到来。我闲来无聊因而敲着棋子，不料连灯花都敲落了。

短析

黄梅雨天，诗人与朋友有约，不料朋友失约了，诗人等到半夜。枯等是一件让人烦闷的事情，因此，诗人无聊得敲棋子。全诗写了一件生活琐事，它无关国家大事或激烈的爱恨情感，只是生活上的一件小事情，而敲棋子敲到把灯花震落，更是小事情里的一个小细节。这首诗代表着古代诗歌的一个主题：记述生活琐事，这也算是古代诗人生活趣事的记录。

闲居初夏午睡起①

杨万里

梅子留酸软齿牙②，芭蕉分绿与窗纱③。
日长睡起无情思，闲看儿童捉柳花④。

注释

①此诗又作《初夏睡起》。
②软：使……酸软。
③分绿：把绿色映到纱窗上。
④柳花：飞落的柳絮。

诗歌大意

梅子酸酸的汁液使牙齿十分酸软，芭蕉把它的绿色映到窗纱上面。白日很漫长，我睡醒起来后，感到没有什么兴致和情思，懒闲地观看着儿童捕捉飞落的柳絮。

短析

夏天的事物里，诗人写了有关味觉的酸梅子，有关视觉的绿芭蕉，此外，还有一个场景：小孩子跑来跑去捕捉飞落的柳絮。这些东西都很具体，能够激发读者鲜明的想象，从而让诗歌非常具有“夏天”的意象。在这样的环境下，诗人说自己睡醒了没有什么“情思”，却别有一番懒洋洋的生活情趣。

三衢道中①

曾几②

梅子黄时日日晴，小溪泛尽却山行③。
绿阴不减来时路④，添得黄鹂四五声⑤。

注释

①三衢：山名，三衢山，在今浙江省。

②曾几（1084—1166）：字吉甫、志甫，号茶山居士，南宋赣州（今属江西）人。曾几曾因秦桧而弃官，秦桧死后，官至秘书少监、尚书礼部侍郎。他是

陆游的老师，诗歌清新活泼，富有生活情趣。一说这首诗的作者为曾纡。

③泛：泛舟、划船。却山行：改行山路。

④不减：不会比……少，不输给。来时路：过来时的道路，即前一段路。

⑤添：增加。

诗歌大意

梅子成熟的时分，日日都是晴朗的好天气，在小溪上划船，划到尽头后改行山路。这条路充满绿荫，其美丽一点都不输给前一段路，还增加了四五只黄莺的叫声。

短析

这首诗的诗人自得其乐，他拥有一种非常开朗和乐观的心态。首先，他说“梅子黄时日日晴”，其实梅雨天经常下雨，诗人在一个偶然晴朗的日子出游，便说这种天气是“日日晴”，可以想象心态之好。其次，他先划船，后来改行山路，在这一段路上，他发现绿意完全不比前一段路差，甚至还注意到黄鹂的叫声。他没有看到不好的东西，也没有想到不好的天气，总是看到事物美好的一面，因此整首诗都洋溢着一种乐观明朗的调子。

即景[1]

朱淑贞

竹摇清影罩幽窗[2]，两两时禽噪夕阳[3]。
谢却海棠飞尽絮，困人天气日初长[4]。

注释

①即景：即，靠近。这里指因近处景物而产生诗情。朱淑贞诗集中，此诗题为《清昼》。

②罩：笼罩。

③两两：双双对对。时禽：应时的、当前季节的禽鸟。

④困人：使人困倦。

诗歌大意

竹树因风摇动，它清雅的影子笼罩着幽静的窗户，双双对对的应时禽鸟在夕阳下喧噪不停。海棠花已经凋谢，花絮也飞落得一干二净，天气使人困倦，白日开始变得漫长。

短析

前一首诗《三衢道中》，诗人的心态乐观，看到的东西都是明亮而生机盎然的。而这首诗中，朱淑贞却看到了苦闷的情景。其实，竹树的影子、夕阳下的禽鸟，都是十分可爱的，不过诗人偏偏看出了花飞、凋谢、困倦与漫长，这种了无生气的生活。这是诗人的苦闷心情所致，可见诗人的心境直接影响着诗歌的基调。

初夏游张园①

戴复古②

乳鸭池塘水浅深③，熟梅天气半晴阴④。
东园载酒西园醉，摘尽枇杷一树金⑤。

注释

①此诗又作《夏日》。

②戴复古：字式之，号石屏，南宋黄岩（今属浙江）人，生于公元1167年，卒年不详。戴复古一生不仕，游走江湖，过着职业诗人的生活，诗歌清丽与豪放兼备。一说这首诗的作者为戴敏。

③乳鸭：刚出生的小鸭。

④熟梅天气：梅子已经成熟的时节，为五、六月。

⑤枇杷：一种水果，成熟后呈淡黄色或橙黄色。

诗歌大意

刚出生的小鸭在池塘上游泳，池水的色泽深深浅浅；在梅子已经成熟的时节，天气时晴时阴。我从东园载着酒，去到西园大醉一场，又把树上的金枇杷都摘光。

短析

这首诗最精彩之处，莫过于最后一句：摘尽枇杷一树金。在院子里喝酒，又把所有枇杷摘下来吃，大吃大喝是多么惬意快乐的生活！诗人用“一树金”来写枇杷，将明亮的色彩展现于读者眼前，非常形象和传神，我们可以对比一下，如果把“一树金”改成“一树枇杷”，哪一组词语比较突出呢？

鄂州南楼书事①

黄庭坚②

四顾山光接水光，凭栏十里芰荷香③。
清风明月无人管，并作南来一味凉④。

注释

①此诗又作《晚楼闲望》。

②黄庭坚（1045—1105）：字鲁直，号山谷道人，北宋分宁（今属江西）人。黄庭坚官至直龙图阁士，追加太师之名，谥号文节。他与苏轼交往甚密，

为“苏门四学士”之一，又与苏轼齐名，合称“苏黄”。他的诗歌风格、用字、句法都与传统诗歌有所区别，创造出一种宋代的新颖诗歌样式，影响甚大，宋代甚至出现以他的风格为代表的“江西诗派”。一说这首诗的作者为王安石。

③凭栏：倚着栏杆。芰：菱角。

④一味：一种、一股。

诗歌大意

我环顾四面观看，一片山光连接着水光。我倚着栏杆闲坐，闻着连绵十里飘散的菱角与荷花的清香。清风与明月自由自在，没有人刻意去监管，所有东西合在一起成为南风吹来的一股清凉。

短析

这首诗很著名，原因在于它描写的景色非常优美，这种山光连接水光，倚着栏杆呼吸着荷花香的状态，让人非常舒适，是一种难得的闲情逸致。前两句是优美的描写，而第三句“清风明月无人管”，便转向一种自由自在、无拘无束的状态。李白曾经写道“清风明月不用一钱买，玉山自倒非人推”，这两句的清风明月是相同的，都是自在的。这些美景、闲情与自在，都合在一股凉风之中，“南来一味凉”一句非常精彩，是颇为新鲜的词语用法，格调亦高。这首诗是古典诗歌的完美典范，但令人遗憾的是，我们不能确定它的作者是王安石还是黄庭坚。

山亭夏日[①]

高骈[②]

绿树阴浓夏日长，楼台倒影入池塘。
水晶帘动微风起[③]，满架蔷薇一院香。

注释

①此诗又作《山居夏日》。

②高骈：字千里，生年不详，卒于公元887年，唐代幽州（今北京附近）人，官至中书门下平章事，封燕国公、渤海郡王，后欲拥兵自立，为部下所杀。他就是前面高蟾《上高侍郎》的献诗对象。

③水晶帘：像水晶般明亮的帘子。

诗歌大意

树木长得很翠绿，树荫浓密，夏天的白日很漫长，楼台的倒影映入池塘中。微风起了，吹动了那像水晶般明亮的帘子，花架上长满了蔷薇，使整个院子都充满了香气。

短析

这首诗写得好，但只是一般的好，它没有达到前一首诗的艺术程度。这首诗的景物是一般的景物，譬如绿树成荫、池塘的倒影、风吹过帘子、蔷薇散发香气，这些都是很容易在其他诗歌中找到的意象，它使用的比喻和句法也很常见。如果我们把“满架蔷薇一院香”“并作南来一味凉”和“摘尽枇杷一树金”拿来做对比，便会发现它们的句法是相同的，不过“满架蔷薇一院香”却相对平庸得多。

田家[1]

范成大[2]

昼出耘田夜绩麻[3]，村庄儿女各当家[4]。
童孙未解供耕织[5]，也傍桑阴学种瓜。

注释

①范成大诗集中，此诗题为《夏日田园杂兴》。

②范成大（1126—1193）：字致能，号石湖居士，南宋吴郡（今属江苏）人。范成大曾出使金国，又历数官，至参知政事（相当于副宰相），皇帝赐加大学士，又为他的别墅题字“石湖”。他的诗歌写得很好，语言流畅，其山水田园诗尤其出色。

③耘田：除去田里的杂草。绩麻：把麻搓成线。

④当家：当家做主，即对自己的工作很在行。

⑤未解：不知道。供：做，从事。

诗歌大意

白天耕田，晚上搓麻线，村庄里的男男女女都有当家做主的本事。小孩子虽然不知道什么是耕种与织布，却也倚靠在桑树的树荫下模仿种瓜的动作。

短析

白天耕田、晚上搓麻线，田家的劳动是辛苦的，然而诗中却没有指出这一点，它赞美村中的男女都很有本领，还描写了儿童天真地模仿种瓜的动作。诗人着重农家劳动的"苦中有乐"，这当然是诗人这个"局外人"诗意观看的结果。

村居即事①

翁卷②

绿遍山原白满川③，子规声里雨如烟④。
乡村四月闲人少⑤，才了蚕桑又插田⑥。

注释

①此诗又称《乡村四月》。

②翁卷：字续古、灵舒，生卒年不详，南宋永嘉（今属浙江）人，与赵师秀等人合称“永嘉四灵”，风格相近，有孤清远逸之感。一说此诗作者为范成大。

③遍：遍及、遍布。白：指水的颜色。

④子规：杜鹃鸟。

⑤闲：悠闲，这里指游手好闲。

⑥了：完，结束。

诗歌大意

绿意遍布山原，白水溢满河川，在杜鹃鸟的叫声中，细雨如烟地落下。四月的乡间村落，游手好闲的人很少，人们刚照顾完蚕虫和桑树，又急忙去田里耕作。

短析

“绿遍山原白满川”这一句，可以分成两部分，即“绿遍山原”与“白满川”。“绿”是“山原”的特征，“遍”（遍布）是绿与山原之间的关系；“白”是“川”的特征，“满”是白与川之间的关系。这一句的两部分分别描写了不同的景物（山原和河川），而它们合起来便构成了一幅景物的图画。这是七言诗句较常见的描写方法，譬如“昼出耘田夜绩麻”“北山输绿涨横陂”“金炉香尽漏声残”等。

题榴花[1]

韩愈[2]

五月榴花照眼明[3]，枝间时见子初成[4]。
可怜此地无车马[5]，颠倒苍苔落绛英[6]。

注释

①此诗为《题张十一旅舍三咏》之一。榴花：石榴的花朵，为大红色。

②一说此诗作者为朱熹。

③照：映照。眼明：在眼中分外鲜明。

④子：榴花的子，即石榴。

⑤可怜：可惜。车马：游玩赏花的车马，这里借指赏花的人。

⑥颠倒：分散、散乱。苍苔：这里指草地。绛英：红色的花瓣。

诗歌大意

五月份的榴花，看在眼中分外美丽鲜明，枝条之间常常可见刚长成的小石榴。可惜这里没有什么赏花的人，那红色的花瓣无人欣赏，只能独自地散落在草地上。

短析

前两句描写榴花鲜艳美丽、石榴初长成，后面表达美丽的东西无人欣赏，红艳的花瓣独自飘落的感伤之情。其实有没有人欣赏，榴花总会落下，这种感慨出自诗人的爱惜之情。

村晚

雷震[①]

草满池塘水满陂[②]，山衔落日浸寒漪[③]。
牧童归去横牛背[④]，短笛无腔信口吹[⑤]。

注释

①雷震：宋朝人，生平不详。

②陂：水岸。

③衔：用嘴含着，或包含。寒漪：寒冷的水波。

④横牛背：横坐在牛背上。

⑤无腔：没有腔调，即不成曲子。信口吹：随意地吹。

诗歌大意

池塘长满水草，水波溢到岸上。夕阳倚在山边，好像被山衔在它的嘴边，它们的影像倒映在水面上，仿佛被浸在清寒的水波中。回家的牧童横坐在牛背上，口里随意地吹着不成调的短笛。

短析

这首诗也使用了前面所说的七言诗句的描写方法。“草满池塘／水满陂”与“山衔落日／浸寒漪”，这样的描写方法，使诗歌如画一样，画中有长满水草的池塘和溢满水波的河岸，而它们的位置则由读者自行配置。

前两句的景物与后两句的牧童，基本上是没有关联的，景物不过是一种背景，发挥渲染情绪的功能，在这幅背景图画的渲染下，横坐牛背、随意吹着短笛的牧童更显出悠然自得的神态。

书湖阴先生壁[1]

王安石

茅檐常扫净无苔[2]，花木成蹊手自栽[3]。
一水护田将绿绕[4]，两山排闼送青来[5]。

注释

①湖阴先生：即杨德逢，是王安石居住在南京时的邻居。

②茅檐：茅屋的檐下。

③蹊：小路。

④护田：保护着田地。

⑤排：推开。闼：门。

诗歌大意

茅檐经常打扫，洁净得没有青苔，亲手栽种的鲜花与树木已经遍布路边。一条河流像保护者一样围绕着青绿的田地，两座大山像推开门一样把青翠绿色送进来。

短析

这是一首非常著名的诗歌，尤其是第三、四句“一水护田将绿绕，两山排闼送青来”，更是流传千古的名句。这两句的特别之处在于，一方面是它写得很生动，河流把绿色的田野围绕着，好像保护着它一样，大山好像要推开门把青翠绿色送进来，使静态的景物里又有着动感。另一方面，这两句暗藏典故，“护田”出自《史记·大宛列传》，里面记载了“护田积粟”的军官，而“排闼”出自《史记·樊郦滕灌列传》，里面记载樊哙“排闼直入”（推门直接进入），拜见汉高祖。诗人在这两句中直接使用了典故中的字眼（“护田”与“排闼”），借用了典故的意义（“保护”与“推门进入”）。诗人把它们用在河流与大山上，既有历史含义，又巧妙流畅，更重要的是，诗人已经把典故的“意义”写进诗句中，即使我们不了解《史记》，仍然能解读诗歌之意。

乌衣巷①

刘禹锡

朱雀桥边野草花②，乌衣巷口夕阳斜。
旧时王谢堂前燕③，飞入寻常百姓家。

注释

①乌衣巷：地名，在今南京秦淮河边。相传是三国时代吴国的兵营，因营中军人都穿乌衣，所以叫乌衣巷。东晋时，权倾一时的王氏与谢氏家族，就住在这里。这首诗是刘禹锡《金陵五题》其中一首。

②朱雀桥：宫城朱雀门外的桥，亦称南航，位于乌衣巷附近。

③王：王导，东晋宰相。谢：谢安，东晋宰相。

诗歌大意

朱雀桥旁边长着野草和野花，乌衣巷口的夕阳斜斜地照着，以前安居在王导、谢安显赫大宅屋檐下的燕子，都飞入了平凡百姓的屋里。

短析

这首诗歌中，具有深刻含意的名句，是“旧时王谢堂前燕，飞入寻常百姓家”一句。为什么会这样呢？是因为“王”（王导）、“谢”（谢安）。王导与谢安不只是东晋的宰相，家族更是非常显赫，有许多朝中大官，同时也出现了很多文化精英。例如王导家族里，其兄、弟与子侄官职很高，“竹林七贤”的王戎，书圣王羲之等都是王家人。谢安家族也像王家一样，有大量的高官、将领与文化精英，如领导淝水之战的谢玄，诗人谢灵运、谢朓等。这两大家族，实际上掌握和控制了东晋以至南朝几百年间的政治、文化与经济。不过，如此风光的家族也敌不过时间的流逝，到了唐朝刘禹锡的时代，王、谢两家已成为历史。王、谢两家大宅的燕子，也飞到平凡人家的屋檐下。这是诗人对于时间这个巨轮无情转动的感叹。

送元二使安西①

王维②

渭城朝雨浥轻尘③，客舍青青柳色新。
劝君更尽一杯酒④，西出阳关无故人⑤。

注释

①诗题的意思是送别他的朋友“元二”出使安西（今新疆库车附近），本诗又称《渭城曲》。

②王维（700—761）：字摩诘，唐代蒲州（今属山西）人。王维出身世家大族，唐玄宗开元九年（721）中进士，官至尚书右丞，晚年尤为好佛。王维诗画双全，诗歌善于描绘自然景色，清幽淡远之中，又蕴含禅理，是著名的山水田园诗人。苏轼称赞他“诗中有画，画中有诗”。

③渭城：治所在今陕西省咸阳市东面。浥：湿润。

④更：再。尽：喝尽。

⑤阳关：在今甘肃省敦煌市的西南面，是古代出入西域的关口。

诗歌大意

渭城早晨的雨水，湿润了地上的尘土，旅馆的柳树颜色青绿新鲜。我劝你再喝尽这一杯酒吧，向西走出阳关，便再看不到老朋友了。

短析

宋朝有一位诗人兼诗评家叫刘辰翁，他说王维的《送元二使安西》是“古今第一”，说明这首诗歌写得非常好，它的影响也非常巨大。在古代，交通很不发达，一个人因为做官或其他事去了远方，再想见到老朋友，这段路程是相当遥远、艰辛的，而且，这些老朋友未必会留在原地，他们也会迁移到其他地方，如此要见到便更加困难。甚至，老朋友可能会在一场瘟疫中死去。我们可以举刘禹锡为例，他因为被贬官而离开长安，再回去已经是十年后的事，这十年老朋友还在吗？人生又有几个十年？在这个背景之下，送别真是一件百感交集的事情。在渭城这个有青翠柳色的地方，王维送别元二，他的一句“西出阳关无故人”，包含的是两人一旦分别，可能永远无法相见的感伤与不舍。唐代诗人多是官员，或者是希望获得官职的士人，他们经常到不同的地方寻找机会，故而经常面对离别。这首《送元二使安西》在当时被编为乐曲，在送别或离别时反复唱三次，便是《阳关三叠》。

题北榭碑[1]

李白

一为迁客去长沙[2]，西望长安不见家。
黄鹤楼中吹玉笛[3]，江城五月落梅花[4]。

注释

①北榭碑：在湖北省武汉市蛇山的黄鹤楼上。这首诗又作《黄鹤楼闻笛》《与史郎中钦听黄鹤楼上吹笛》等。

②迁客：贬谪的人。长沙：今湖南省长沙市，汉代名臣贾谊被贬谪至此，写下著名的《吊屈原赋》。李白并非被贬谪到长沙去，这里使用“长沙”，是暗示人生遭遇的性质与贾谊这个爱国名臣颇为相似。

③黄鹤楼：传说仙人王子安骑鹤升天，黄鹤楼即以这个故事命名。

④江城：江边之城，也指武汉，武汉就位于长江岸边。落梅花：梅花落下，又暗指笛曲《梅花落》。

诗歌大意

我成为被贬谪到远方的受害者，途经此地，我向西遥望京城长安，已看不到自己的家园。我听到有人在黄鹤楼中吹起笛曲《梅花落》，此时正是五月，这个江边城市也落下了梅花。

短析

李白被唐玄宗“赐金放还”，离开宫廷后，一边到处游览，一边寻找做官的机会。安史之乱后，大约是唐肃宗至德二年，他到了永王的身边，估计是寻求永王的赏识和重用。不过，永王策划叛变，不久后以失败收场。因而，在永王幕府中的李白也成了叛徒（我们不知道李白是否参与了叛变），这个罪名非常大，可能还会被杀头。不过在朋友崔涣与宋若思的极力辩解说情后，李白最终被判罪名较轻，流放夜郎（夜郎是当时南方的一个地方，非常偏远）。

这首诗就是在流放夜郎途中，经过湖北黄鹤楼时写的。在古代，流放罪基本上是不能再回家的，一生都要在流放的地方，直到死去。在这样的情况下，李白在黄鹤楼听到笛声，一定百般滋味在心头。李白以汉代名臣贾谊被贬谪到长沙，比喻自己的“犯罪流放”，说明他依旧是孤傲清高的。

题淮南寺[①]

程颢

南去北来休便休[②]，白蘋吹尽楚江秋[③]。

道人不是悲秋客④，一任晚山相对愁⑤。

注释

①淮南寺：位于今扬州附近。

②休便休：想休息就休息。

③白蘋：一种水草，花开白色。

④道人：僧人或道士，他们的情绪不容易受外界影响，这里指程颢自己。悲秋客：见秋天而悲哀的人，源出“宋玉悲秋”的典故。战国时期的宋玉有一篇《九辩》，内容是慨叹秋天的哀愁，是著名的赋。

⑤任：放任。

诗歌大意

南来北往的人啊，你们想休息就休息，悉随君便吧。秋天的楚地江河里，白蘋花被秋风吹落殆尽。我这个道人并不是那种会伤春悲秋的人，所以便放任晚山对着其他晚山多愁善感。

短析

程颢是宋代的大儒学家，他在这首诗中表现出一种学者的大器与豁达，例如他看到南来北往的人，没有说他们如何辛苦，也没有想到其家人会不会思念他们，只是很率性地说，你们累了想休息就休息，悉随君便。自古以来的诗人如宋玉，看到秋天草木凋零，感到天气清寒，都会伤春悲秋，但他却没有哀愁的感觉。他是研究儒家理学的人，知道春夏秋冬四季不过是“天道”的循环，秋冬过去了春夏会来，因此他不“愁”。他不会受外界事物的影响，而是以一种豁达的眼光看世界。

秋月

朱熹①

清溪流过碧山头②，空水澄鲜一色秋③。
隔断红尘三十里④，白云黄叶共悠悠⑤。

注释

①一说此诗作者为程颢。

②碧山：翠绿的山。

③空水：天空和溪水。澄鲜：澄清、鲜明。

④红尘：尘土飞扬，指繁华热闹的人世间。

⑤悠悠：悠闲自在，广阔无边际。

诗歌大意

清澈的小溪流过翠绿的山头，天空和溪水澄澈、鲜明，共同呈现出一抹秋色。离开繁华热闹的城区三十里之远，白云和黄叶是多么悠闲自在。

短析

这首诗的诗人也很悠然自得，他看到秋天的景色不发愁、不悲哀。他欣赏清溪流水，也欣赏秋色。他看到白云黄叶没有发出“万物要凋谢了”的感叹，反而欣赏这个远离尘世的大自然。不过，这首诗题为《秋月》，而诗里明明是写秋天白日的景色，令人质疑该诗题是否在流传的过程中出现了什么问题。

七夕①

杨朴②

未会牵牛意若何③，须邀织女弄金梭④。
年年乞与人间巧⑤，不道人间巧几多⑥。

注释

①七夕：农历七月七日。传说是牛郎、织女相会之时。

②杨朴：字契玄，五代至北宋郑州（今属河南）人，生卒年不详，宋太宗与真宗都曾召他去做官，但都被他拒绝了。

③未会：不能理解。牵牛：牵牛星，即牛郎。若何：怎样、是什么。

④梭：织布机上的梭子。

⑤乞：求讨。巧：巧手，精巧的缝纫技术。七夕又叫“乞

巧”，因为织女的缝纫技术高超，古代妇女在七夕夜晚会陈设瓜果祭拜，向她乞求巧手。

⑥巧：这句的巧，有“巧手”和“投机取巧”两个不同的意思。

诗歌大意

我不能理解牛郎他是什么意思，为何要邀请织女一起摆弄织布机上的梭子，他们一年又一年地赐给凡人们所求讨的“巧手”，他怎会不知人间“投机取巧的手段”有几多呢？

短析

七夕是一个关于爱情、浪漫以及女子们祈求巧手的节日，是非常美好的，因此以七夕来写讽喻诗，是很少见的。尤其是以七夕求讨“巧手”，一语双关人间的“投机取巧”，更是别出心裁，这首诗也如“针线”一样“尖”，“七夕”一样“巧”。

立秋①

刘翰②

乳鸦啼散玉屏空③，一枕新凉一扇风④。
睡起秋声无觅处⑤，满阶梧叶月明中。

注释

①立秋：中国传统二十四节气之一，一般在阳历的八月七、八或九日。

②刘翰：字武子，生卒年不详，南宋长沙（今属湖南）人，一生未仕。

③乳鸦：刚出生的乌鸦。啼：啼叫。散：飞散，即飞走。空：空虚、寂静。

④新凉：新鲜的凉意。

⑤无觅处：不知往哪里寻觅。

诗歌大意

初生的乌鸦啼叫，又飞散了，美丽的屏风空虚寂静地伫立着。枕头上有一股清新的凉意，扇子摇来一阵清风。睡醒起来听到秋天的声音，想把它找出来但不知往哪里寻觅，只看见石阶上满满的梧桐叶身处于一片明月当中。

短析

诗的第一句有两个部分，“乳鸦啼散”与“玉屏空”，它们没有直接的关系，可能是诗人看到的真实情况，也可能是诗人的想象。第二句亦相同，“一枕新凉”与“一扇风”，诗句亦没有写清楚它们是怎样的关系。在这种情况下，我们便会发挥自己的想象力，可能会想象屋子里面有屏风，外面有乌鸦，也可能想象枕头上的凉意是因为它是玉或瓷器造的，又或者是因为扇子摇来清风，所以枕头很清凉。这些关系——“因为”“所以”“在哪里”，都是由我们决定的，这是中国古代诗歌的一个特点，这个特点让古诗更为美妙。

秋夕①

杜牧

银烛秋光冷画屏②，轻罗小扇扑流萤③。
天街夜色凉如水④，卧看牵牛织女星。

注释

①此诗又作《七夕》《秋夜宫词》。

②银烛：银白色的蜡烛。画屏：绘着图画的屏风。

③轻罗小扇：用轻柔的绮罗制成的小扇，即纨扇或团扇。

④天街：京城的街道，又作“天阶”，宫中的台阶。

诗歌大意

银白色的蜡烛、秋天的光辉、清冷的画屏，一把轻柔的绮罗扇子，扑着飞舞的萤火虫……京城街道的夜晚景色，如水一样清凉，我躺卧着观看牵牛星与织女星。

短析

如前面的诗歌《立秋》一样，这首诗第一句的银烛、秋光、冷画屏，三者也没有直接的关系，这一句应该如何用现代白话文表达，真是一个难题。我们可以说银白的蜡烛折射着秋天的光辉，又可以说充满秋光的屋子里有蜡烛和画屏，总之不管怎么说都好像不对。这样并排在一起的词组，它们要表达的是一个画面、一种情调，至于彼此间的关系，可自行想象。因为词组的“无关系”，所以让诗句有一种特殊的美。

中秋月

苏轼①

暮云收尽溢清寒②，银汉无声转玉盘③。
此生此夜不长好④，明月明年何处看。

注释

①本诗作者旧本误为杜牧。

②暮云：晚上的云。清寒：清澈而寒冷的月光。

③银汉：银河、天河。玉盘：玉造的盘子，指月亮。

④长好：一直都很美好。

诗歌大意

晚上的云彩都散去了，夜空中溢满清寒的月光；天河寂静无声，月亮像一个玉盘般在转动。这一生与这一夜，都不会一直美好下去，到了明年，我还能在哪里再次看到这样的月色？

短析

中秋是一个团圆祥和的节日，然而苏轼在这个中秋夜却显得不太快乐，这与他的个人经历有关。苏轼的人生其实并不顺利，他虽然很著名，很多人承认他是个出色的诗人，不过他的官场生活却一再受到打击。他基本上一直处于被贬官的状态，最远被贬到现在的海南。在宋朝，那里蛇虫鼠蚁众多，只住着几户人家。在这种一直被贬的情况下，他深刻地体会到人生无常，美好的事物不会一直长久，因而便写下了“此生此夜不长好，明月明年何处看”的名句。

江楼有感[①]

赵嘏[②]

独上江楼思悄然[③]，月光如水水如天。
同来玩月人何在[④]，风景依稀似去年[⑤]。

注释

①《全唐诗》中，此诗题为《江楼感旧》。

②赵嘏：字承祐，生卒年不详，唐代山阳（今属江苏）人，唐武宗会昌二年（842）进士。赵嘏在他的时代颇负盛名，其七言绝句和律诗都很出色。

③思悄然：思绪忧愁的样子。

④玩：玩赏、欣赏。

⑤依稀：仿佛。

诗歌大意

我独自登上江楼，思绪一片忧愁，看见月光如同江水的光辉，江水的光辉也如同夜空的光辉。旧时一起赏月的人，如今身在何处？只有眼前的风景仍像去年一样。

短析

相对于山河大地的长久不变，人和事便显得变幻无常。去年仍在眼前的人，今年已经离开了，又或者本来很顺利的仕途，突然卷入一些事而被贬官。由于人事变化而引起的伤感与慨叹，一直是诗歌的常见主题，如本诗中“同来玩月人何在，风景依稀似去年”，类似的还有“人面不知何处去，桃花依旧笑春风”和“玄都观里桃千树，尽是刘郎去后栽”等诗句。

题临安邸[1]

林升[2]

山外青山楼外楼[3]，西湖歌舞几时休。
暖风熏得游人醉[4]，直把杭州作汴州[5]。

注释

①临安：即杭州，北宋灭亡后，在南方建立南宋，定都临安。邸：府第、大宅。

②林升：字梦屏，生卒年不详，南宋平阳（今属浙江）人，大约生活于宋孝宗时期。

③山外青山：青山外面又有青山。楼外楼：楼阁外面又有楼阁。这里意即青山与楼阁连绵不断。

④熏：熏陶，这里指风吹。

⑤汴州：汴京，即北宋京城开封附近。

诗歌大意

青山之外有青山，楼阁之外还有楼阁，它们连绵不断，西湖里唱歌跳舞的欢乐生活什么时候才会停止？温暖的风吹得游玩的人都陶醉其中，简直把杭州当成了旧时的首都汴京城。

短析

诗歌描写杭州西湖美景，又写人们在西湖寻欢作乐，这样的快乐使人把杭州当作京城。这是一种反讽的手法，因为在这首诗的背景之下，是悲痛的家仇国恨。北宋经历了“靖康之变”，两位皇帝钦宗、徽宗被掳到北方，宋朝被迫退守南方，诗人用快乐来提醒人们仇恨与悲痛，以乐写哀，倍增其哀怨，是一首很出色的作品。

晓出净慈寺送林子方①

杨万里②

毕竟西湖六月中③，风光不与四时同④。
接天莲叶无穷碧⑤，映日荷花别样红⑥。

注释

①晓：破晓、早上。送：送别。林子方：林枡，字子方，南宋人。

②一说这首诗的作者为苏轼，诗题为《西湖》。

③毕竟：究竟、到底。

④四时：春夏秋冬四季，这里指夏季以外的三季。

⑤接天：可以连接到天边。

⑥别样：格外。

诗歌大意

到底是夏天六月的西湖啊，它的风光与其他三季都不同。莲叶仿佛可以连接到天边，一片无尽的碧绿色，荷花在太阳的映照下，显得格外红艳。

短析

在很多诗集中，这首诗的作者是苏轼，诗题叫《西湖》，现在，大部分的人都认为这是苏轼的作品。然而如果我们查看一些古代书籍，可以发现这首诗同时收录在苏轼与杨万里名下。这说明一个问题：经过长时间流传后，诗歌可能会出现讹误，有的是记错了作者的名字，有的可能整句抄错，所以我们就不能确认某一诗歌是某人的作品。

饮湖上初晴后雨①

苏轼

水光潋滟晴方好②，山色空蒙雨亦奇③。
欲把西湖比西子④，淡妆浓抹总相宜⑤。

注释

①此诗又作《湖上初雨》。饮湖上：在湖边饮酒。初晴后雨：起初天气晴朗，后来却下雨。

②潋滟：水波荡漾。方：正是。

③空蒙：空灵而迷蒙。

④西子：西施，春秋末期越国人，古代著名美女。

⑤相宜：适宜，适合。

诗歌大意

湖水波光荡漾，晴天正是怡人的好时候。下雨的时候，山色空灵而迷蒙，也很奇丽。如果把西湖比作越国美女西施，无论涂上淡妆或浓妆，都很适合她。

短析

这首诗是苏轼在杭州做官时，于西湖游玩宴饮的作品。诗歌以西施比喻西湖，晴天是淡妆，雨天是浓妆，怎样看都美，是一个非常精巧的构思，或许是由于这首诗的缘故，西湖又有“西子湖”之称。

入直①

周必大②

绿槐夹道集昏鸦③，敕使传宣坐赐茶④。
归到玉堂清不寐⑤，月钩初上紫薇花⑥。

注释

①周必大诗集中，此诗题为《入直召对宣德殿，赐茶而退》。入直：又作“入值”，进宫值班。召对：被皇帝召去询问国事。此诗是诗人进宫值班，被皇帝召去宣德殿询问国事，皇帝赐诗人茶，归退后而作。

②周必大（1126—1204）：字子充，一字洪道，号省斋居士、平园老叟，南宋吉州（今属江西）人，官至左丞相，封益国公。他的诗歌清雅，书法也非常著名。

③集：聚集。昏鸦：黄昏时的乌鸦。

④敕使：传达皇命的使者。传宣：传令、宣召。

⑤玉堂：即翰林院。清：清爽。

⑥月钩：新月，月的形状似钩。紫薇：一种高大的开花乔木，常栽种于朝廷机关之内。唐朝中书省亦种紫薇花，因此在中书省工作的中书令也可称紫薇令或紫薇郎。

诗歌大意

绿色的槐树夹着两旁的道路，树上聚集着黄昏时分的乌鸦。皇帝的使者传令下来，请我到大殿坐下，并赐我喝茶。我回到翰林院，非常清爽，不能入睡，看见如钩的新月刚刚升起，正悬挂在紫薇花的上空。

短析

诗人在皇宫值班，皇帝找他聊天，并“赐茶”，这代表着诗人具有才华，得到皇帝的肯定，也是诗人社会地位的象征。中国古代文人梦寐以求的事莫过于此，因此诗人兴奋得睡不着觉。古代的小孩，在启蒙的时候便读《千家诗》，可以想象，当他们读到这一首诗时，应该会对诗人受到皇上恩宠产生无限向往。这会不会是《千家诗》编者的用意呢？

夏日登车盖亭①

蔡确②

纸屏石枕竹方床③，手倦抛书午梦长。
睡起莞然成独笑④，数声渔笛在沧浪⑤。

注释

①车盖亭：亭名，在今湖北省安陆。此诗又称《水亭》。

②蔡确（1037—1093）：字持正，北宋泉州晋江（今属福建）人，官至尚书右仆射、中书侍郎，死后赐予太师之名，谥号忠怀。

③纸屏：纸造的屏风。竹方床：方形的竹床。

④莞然：微笑的样子。

⑤沧浪：水名。

诗歌大意

纸造的屏风、石造的枕头、方形的竹床……我的手酸了，便抛下书本，睡个很长的午觉。睡醒了，非常舒适，微微地笑着，听到沧浪河中传来数声渔夫的笛音。

短析

纸屏、石枕、竹方床……诗的第一句并排使用了没有直接关系的词组，这种手法与杜枚《秋夕》“银烛秋光冷画屏”是一样的。这些事物合起来营造了一种清逸的情调。这是诗人的有意选择，因为诗歌要表现的是一种悠然自得、闲适惬意的主题。

直玉堂作[①]

洪咨夔[②]

禁门深锁寂无哗[③]，浓墨淋漓两相麻[④]。
唱彻五更天未晓[⑤]，一墀月浸紫薇花[⑥]。

注释

①此诗又作《禁锁》《六月十六日宣锁》。

②洪咨夔（1176—1236）：字舜俞，号平斋，南宋临安（今属浙江）人，官至刑部尚书、翰林学士、

知制诰，一生著作甚多，藏书非常丰富。一说这首诗的作者为洪遵。

③禁门：禁宫的门。

④两相麻：指两份任命丞相的诏书。麻，麻纸，用来起草任命丞相的诏书。

⑤唱：大声报、高声念，这里指古代宫中大声报告时辰。五更：大约凌晨三至五时。

⑥墀：宫殿的台阶。

诗歌大意

禁宫的大门紧紧地锁着，寂静而没有喧哗声。浓浓的墨水洋洋洒洒地写在两份任命丞相的诏书上。五更时分，报时的声音响彻皇宫，然而天空还未明亮，月光映在宫殿的台阶上，如水的银白月色也浸润着紫薇花。

短析

这首诗也是写诗人在皇宫的工作，“禁门深锁”表现了皇宫的庄严，普通人绝对不能进去，“两相麻”说明了诗人工作的重要，这是任命丞相的事情。而第三、四句则告诉读者皇宫内的情况，这一切都表现了诗人备受皇上的重用。

竹楼[1]

李嘉祐[2]

傲吏身闲笑五侯[3]，西江取竹起高楼[4]。
南风不用蒲葵扇[5]，纱帽闲眠对水鸥[6]。

注释

①《全唐诗》中，此诗题为《寄王舍人竹楼》。

②李嘉祐：字从一，唐朝赵州（今属河北）人，生卒年不详，唐玄宗天宝七年（748）擢第。李嘉祐与大历才子们友善，常有唱和，诗风婉丽。

③傲吏：傲然不群的官吏。五侯：比喻皇戚权贵，详见韩翃《寒食》诗注。

④西江：西边的江河，或指江西，江西多竹树。

⑤蒲葵扇：蒲葵造的扇子。

⑥纱帽：即乌纱帽，官员的帽子。

诗歌大意

傲然不群的官吏悠闲地笑着面对那些皇戚权贵，在西边的江岸伐取竹子，盖起高楼。清爽的南风自然地吹来，而不用蒲葵扇子扇，那戴着乌纱帽的人对着水鸥，悠闲地睡觉。

短析

这首诗描绘了一个“傲吏”，即是说他并不同于那些在官场上阿谀奉承的官员，他的“傲”体现在面对皇戚权贵（五侯）时的态度，他不会为了钱财地位卑躬屈膝，违背良心。而且，他还有着隐士一样的胸襟，他以清雅的竹子盖楼，对着水鸥睡觉，而不是享受豪华的生活。这首诗中包含了两种古人非常推崇的生活：成为官员兼济天下，以及成为清高的隐士独善其身。在唐代以前两者是相互矛盾的，做官不能成为隐士，隐士不能同时为官，在这首诗中却得到一种调和，诗中的“傲吏”在成为一个官员，保证了生活品质的同时，在心态上和闲暇生活上却可说是一个十足的隐士了。

直中书省①

白居易②

丝纶阁下文章静③，钟鼓楼中刻漏长④。
独坐黄昏谁是伴，紫薇花对紫薇郎⑤。

注释

①中书省：唐代政务机关。白居易曾在中书省任职中书舍人，在翰林院值班。白居易诗集中，此诗题

为《紫薇花》。

②白居易（772—846）：字乐天，号香山居士，唐代太原（今属山西）人，后迁居下邽（今属陕西），官至太子少傅。白居易的诗歌数量非常多，有讽喻诗、闲适诗、感伤诗与杂律四类。他的诗歌风格通俗平易，有时会显得口语化，有很多著名的作品，如《长恨歌》等。

③丝纶阁：拟定皇帝诏书的地方，位于中书省。

④钟鼓楼：敲钟或击鼓以报时的高楼。刻漏：即古代计时的铜壶滴漏，滴水以计时。

⑤紫薇郎：中书令为紫薇令，中书舍人为紫薇郎。参见周必大《入直》诗注。

诗歌大意

拟定皇帝诏书的丝纶阁，公务不多文书闲静；敲钟击鼓报时的钟鼓楼里的铜壶滴水时间漫长。独自坐到黄昏，谁是我的陪伴者？只有那紫薇花对着我这个“紫薇郎”。

短析

白居易是唐代著名诗人，他在中国古典文学史上的地位非常高。据说，他尚未成名的时候，去拜访当时的大官顾况，因为他的名字叫“居易”，所以顾况戏说

"长安米贵，居大不易"（长安生活费很高，居住很不容易），然而，当顾况读到他的诗句"野火烧不尽，春风吹又生"时，便说"有诗如此，居亦不难"（有这样的诗歌，要在长安居住也不困难），从这个故事中可见白居易才华很高。

这首《直中书省》，主题与周必大《入直》、洪咨夔《直玉堂作》一样，都是写官员值班的生活。不过白居易没有表现出做官的洋洋得意，反而写出了一种寂寞，颇为与众不同。此外，三首诗都使用"紫薇花"借代朝廷官职，可以看出这已经成为古典诗里一个常见的诗歌意象。

观书有感[①]

朱熹

半亩方塘一鉴开[②]，天光云影共徘徊[③]。
问渠那得清如许[④]，为有源头活水来[⑤]。

注释

①感：感想、感受。《观书有感》有两首，这是其中一首。

②鉴：镜子。开：打开。

③徘徊：来回移动。

④渠：人称代词，即它。那得：怎么能。清如许：这

样清澈。

⑤为：因为。活水：有生机、有活力、流动的水。

诗歌大意

半亩的小方塘，像打开的镜子一样清澈明亮，天空的光辉与云彩的影子，在它上面来回移动。或者你会问它：怎么能这样清澈呢？原因在于它有来自源头的、充满生机的水。

短析

“源头”，即一条河流的源头，是所有河水的发源地，有源头才有下游和支流，因此源头充满了生机。从源头流出来的水是“活水”，它是动态的、川流不息的，活水带来氧气、食物，可以滋养生命，诗中的“源头活水”便是取了这层意思。诗人用有生机、有生命力的“源头活水”比喻读书后的感受，以此告诉我们，诗人不是“读死书”，他明白了书中的道理，并感受到这种道理是清澈的、有生命力的，他看到的是一种“活的道理”。这首诗写得非常好，诗人用明亮、有意思的意象去表达他内心的感觉，而不是把道理直接写出来，读者领悟到诗歌的意思，既富哲理又有诗意，堪称“哲理诗”的典范。

泛舟[①]

朱熹

昨夜江边春水生，艨艟巨舰一毛轻[②]。
向来枉费推移力[③]，此日中流自在行[④]。

注释

①朱熹诗集中，此诗题为《观书有感二首》其二。

②艨艟：古代的一种战船。

③向来：一直。枉费：徒劳，白费。

④中流：河流之中。自在：自由自在，无所拘束。

诗歌大意

昨天晚上，江边涨满了春水，战船与巨大的舰只浮在江上，像羽毛一样轻。以前一直白费了许多力量去推动船只，但这一天里，船只却在江流之中从容、自由地行驶。

短析

这首诗与上一首诗一样，也是一首使用意象来形象化地表达哲理的诗歌。它们同样出色，所不同的是，上一首诗写书中的生命力，这一首诗写读书的过程。船在江面上行驶的速度，可以理解成明白书中道理的速度。

以前，要明白书中道理，需要花费许多时间与精力，这就好比河水很浅，船要费力地移动，也就是“向来枉费推移力”。然而，在某一时刻，诗人忽然“悟”了，很轻松地明白了书中道理，这好比江水大增，轻轻松松地便能推动船只。船从容地在江上行驶，诗人也很从容地在书中道理中游走。诗人很巧妙地运用船只“中流自在行”，来表达一种在书本中从容自在地游走的感觉。

冷泉亭①

林稹②

一泓清可沁诗脾③，冷暖年来只自知。
流出西湖载歌舞，回头不似在山时。

注释

①冰泉亭：杭州西湖飞来峰下有冷泉，上面的亭子叫冷泉亭。

②林稹：字丹山，北宋长洲（今属江苏）人，宋神宗熙宁九年（1076）进士，生卒年与生平均不详。一说这首诗的作者为林洪。

③泓：水深而广，这里指一潭、一股。清可：清澈可人。沁：渗入。诗脾：诗人的心脾。

诗歌大意

一股清澈可人的泉水，渗入了诗人的心脾，是冷是暖，历来只有自己知道。泉水流出了西湖，盛载着它的歌舞，回头一看，这水已经不像在山中时的清澈。

短析

泉水是冷是暖只有自己知道，这个“自己”，可以是“泉水”，也可以是“诗人”，但“冷”“暖”所代表的是什么？我们只能自己体会了。泉水流经西湖，这是一个繁华之地，过程中或许会沾染人世的尘埃，不如在山中时清澈。诗人讲的不只是泉水，还有一些弦外之音，可能是指人之初“性本善”，或指人难以抵抗诱惑，贯彻善行。无论是哪一种解释，这首诗都很妙，诗歌流畅自然，又饱含哲理，它没有把事情说得很清楚，但在可解与不可解之间，我们却能意会到它丰富的含义。

冬景[①]

苏轼

荷尽已无擎雨盖[②]，菊残犹有傲霜枝。
一年好景君须记[③]，最是橙黄橘绿时[④]。

注释

①苏轼诗集中，此诗题为《赠刘景文》。刘景文：即刘季孙，字景文，他是苏轼在杭州做官时的朋友，任两浙兵马都监，经常一起饮酒作诗。

②擎雨：指举着东西来避雨。擎，举着、撑着。盖：这里指荷叶。

③须：应该。

④最是：正是。

诗歌大意

荷花凋谢殆尽，已经没有可以举起来避雨的荷叶；菊花凋残，仍然有傲然面对寒霜的枝条。一年中美好的景致朋友你应该记住啊，正是那橙子黄灿、橘叶青绿的季节。

短析

屈原有一首诗歌，名叫《橘颂》。他说橘子外表美丽，内涵珍贵，它生在南方，不可移植，所以品性坚贞高洁。他说他愿意以橘子为师，生死相交，他要效法它的高尚品格。自屈原的《橘颂》后，橘子便成了外表与内涵兼备、个性坚贞高洁的象征。明白了这一点后，再回头看这一首诗，我们便会明白，诗人并不只是单纯描写初冬的景物，而是暗中赞美刘景文，把他比作高洁美好的橘子。不过，这首诗最著名的，始终是诗人优美的描写，荷花和荷叶枯萎，菊花零落但有傲视寒冷的枝条，在一副工巧而感觉萧冷的对句之后，写出了“最是橙黄橘绿时”这一色彩斑斓的诗句，真是“赏心悦目”，“橙黄橘绿”成为描写橘子最著名的句子之一。

枫桥夜泊[①]

张继[②]

月落乌啼霜满天[③]，江枫渔火对愁眠[④]。
姑苏城外寒山寺[⑤]，夜半钟声到客船。

注释

①此诗题又作《夜泊枫江》。枫桥：位于今江苏省，本称“封桥”，因本诗而沿作“枫桥”。

②张继：字懿孙，生卒年不详，唐代襄州（今属湖北）人，天宝十二年（753）进士，现存诗约40首，以这首《枫桥夜泊》最为人熟知。

③乌啼：乌鸦啼叫，一说“乌啼”是地方名。

④江枫：江边的枫叶，一说“江枫”为二桥名。渔火：渔船的灯火。

⑤姑苏：即苏州，其境内有姑苏山。寒山寺：苏州城

西的寺庙，本名“妙利普明寺院”，相传名僧寒山曾经担任这里的主持，故得名。

诗歌大意

月亮落下、乌鸦啼叫、满天寒霜，我带着愁绪，对着江边的枫树与渔船的灯火睡觉。苏州城外的寒山寺，钟声在半夜传到旅客的船上。

短析

细数著名的唐诗，张继的《枫桥夜泊》一定榜上有名，因为这首诗流传很广，不但被选入《千家诗》，也被选入《唐诗三百首》，很多介绍诗歌的书籍，甚至小学课本，都提及这首诗。诗歌写得非常好，有声、有色、有感觉，声是乌鸦啼叫、夜半钟声，色是江枫和渔火，感觉是满天的寒霜与愁怀，这首诗再一次说明了五官感觉如听觉、视觉、嗅觉、触觉，综合运用在诗歌中，会产生非常精妙的效果。此外，张继虽然只剩下四十首诗，但凭着这首《枫桥夜泊》，他成为最著名的诗人之一，可见一首广为流传的好诗所具有的影响力和感染力。

寒夜

杜耒[1]

寒夜客来茶当酒[2]，竹炉汤沸火初红[3]。
寻常一样窗前月，才有梅花便不同。

注释

①杜耒：字子野，号小山，南宋南城（今属江西）人，生年不详，卒于1227年。

②当：当作，即以茶代酒。

③竹炉：竹泥所造的火炉。汤：古代热水作汤，茶水就是茶汤。

诗歌大意

寒冷的夜晚，客人来了，我以茶代酒招呼他，竹炉里的茶汤沸腾，炉火新鲜红艳。本来非常平凡的窗外月亮，因为有了梅花便格外清幽，不同于往日。

短析

这首诗很“雅”。寒夜有客人，以茶代酒，是一个很“雅”的行为。窗前的月亮，配合着梅花，是一幅“幽雅”的画面。将月亮看作寻常的东西，而把梅花衬托得更清高，是一种“高雅”的心态。最后，诗人在用字上也很有味道，他不用深奥艳丽的字，而用很简洁的词语，颇为“清雅”。

霜月[1]

李商隐[2]

初闻征雁已无蝉[3]，百尺楼台水接天[4]。
青女素娥俱耐冷[5]，月中霜里斗婵娟[6]。

注释

①霜：霜雪，这里引申为寒霜的、冰冷的。

②李商隐（812—858）：字义山，号玉溪生、樊南生，唐代怀州河内(今属河南)人。他是李唐王室的子孙，但到他这一代，已家道中落。他一生只做过一些幕僚和小官。李商隐是当时著名的骈文大师，直到死后，他的诗歌才开始引起广泛关注。到了宋朝，他已经成为一位极为重要的诗人，其咏史、咏物与抒情诗都写得很好，风格精致、华丽，尤其是抒情诗中的《无题》系列，朦胧优美，如“身无彩凤双飞翼，心有灵犀一点通”“春蚕到死丝方尽，蜡炬成灰泪始干”，其特殊的风格吸引了无数的追随者。

③征雁：远征的雁，即指秋冬向南飞的雁。无蝉：没有蝉了，蝉在夏天出生，秋天死亡。

④水接天：水好像与天相连接。

⑤青女：传说中降霜的女神。素娥：月亮上的嫦娥。耐冷：能忍受寒冷。

⑥婵娟：美丽。

诗歌大意

刚听到远征南去的雁声，已没有蝉了，百尺高的楼台上，看到水好像与天相连接。降霜女神“青女”与嫦娥都能忍受寒冷，在月色和寒霜之中争妍斗丽。

短析

李商隐的诗歌，其中一个最吸引人的特点，是擅长营造含蓄而优美的效果，以及发挥出丰富的想象。例如在这首诗中，他不直接写秋天，而用“征雁”和“无蝉”来代表秋天；他不直接写登楼看月亮，而写高楼上的景色“水接天”；他也不直接写清寒的月亮，而以青女与嫦娥来代表，这样一连串的替代、暗示，让诗歌充满含蓄之美。他写“霜月”，也与其他诗人不同，其他诗人可能会写霜月的“景物”或“个人情感”，而他写的却是对“霜月的想象”。他想象青女与嫦娥不怕寒冷，也想象她们在月色和寒霜之中争妍斗丽。他奇幻而美丽的想象力吸引着后代无数的读者。

梅

王淇

不受尘埃半点侵[①]，竹篱茅舍自甘心[②]。
只因误识林和靖[③]，惹得诗人说到今。

注释

①侵：侵染、玷污。

②甘心：乐意、甘愿。

③识：认识、结识。林和靖：即林逋，他有写梅花的著名诗句“疏影横斜水清浅，暗香浮动月黄昏”，详见林逋《梅花》诗注。

诗歌大意

梅花清雅不受半点尘埃的玷污，长在竹造的篱笆与茅草屋子旁边也心甘情愿。只是因为一时错误，结识了林逋，才招惹得一大群诗人，把那写梅名句传颂到今天。

短析

梅花生长于深冬或早春，这时天气寒冷，百花都凋谢了，只有梅花在霜雪中盛放，因此在古代诗歌中，梅花是高洁、清雅、不同流合污的代表，这首诗的前两句即表达了梅花的这种特质。诗的前两句是常见的手法，后两句却较为别致，把梅花比作人，可能是一个女子，她本来高雅地隐居，但是“误识”了林逋，林逋写的梅花诗让她家喻户晓。这是一种反话，充满了戏谑的趣味，梅花当然不是“误识”林逋，而正是因为林逋，才有了传颂千古的“疏影横斜水清浅，暗香浮动月黄昏”。

早春

白玉蟾①

南枝才放两三花②，雪里吟香弄粉些③。
淡淡著烟浓著月④，深深笼水浅笼沙⑤。

注释

①白玉蟾：字如晦、白叟等，号海琼子、武夷散人等，南宋闽清（今属福建）人，生卒年不详。原名葛长庚，后来他母亲改嫁给一户姓白的人家，故改名白玉蟾。他是一名道士，嘉定年间，宋宁宗召见他，因对答如流而被封“紫清明道真人”，命馆“太乙宫”，被尊为道教南宗五祖之一。除了道学成就外，他还工于书画、诗歌。

②南枝：向南的枝条。放：开放。

③吟香：吟咏花的香气。弄粉：指把玩欣赏花朵。粉，花蕊或花瓣粉嫩的颜色，代指花朵。些：语气词，相当于“啊”“了”。

④著：附着。

⑤笼：笼罩。

诗歌大意

向南的枝条才开了两三朵花，便有诗人在雪中吟咏花的香气、把弄欣赏花色了啊。那香气花色淡淡地附着轻烟、浓浓地附着月亮，深深地笼罩着河水、浅浅地笼罩着沙子。

短析

早春的时候，诗人在雪地中吟诗赏花，很有雅兴，他的最后两句，用了“淡淡”“浓浓”“深深”“浅浅”，这些字用一种重叠的方式，形容花色与香气的姿态与状态，显得非常美妙，而附着烟、附着月、笼罩着水、笼罩着沙，这些东西都缥缈不定，更增加了梦幻的美感。

雪梅　其一

卢梅坡[1]

梅雪争春未肯降[2]，骚人阁笔费评章[3]。

梅须逊雪三分白[4]，雪却输梅一段香。

注释

①卢梅坡：南宋人，生卒年与生平均不详。

②争春：争夺春色，争妍斗丽。降：投降、认输。

③骚人：屈原写了著名的诗歌《离骚》，因此骚人指诗人。阁笔：指停下笔。阁，同“搁”。评章：评判、判断。

④须：本来、本应。逊：不如、比……差。

诗歌大意

梅花与白雪争夺春色，谁也不肯投降，诗人停下笔作评判，大费脑筋。梅花本应比雪差了些白色，但雪却输给梅花一段香气。

雪梅　其二

卢梅坡

有梅无雪不精神[1]，有雪无诗俗了人[2]。
日暮诗成天又雪，与梅并作十分春。

注释

①精神：精致，有神韵。

②俗了人：使人庸俗。

诗歌大意

有梅花没有白雪，便不够精致，缺乏神韵；有白雪没有诗，便使人庸俗。太阳下山时，诗写成了，天又下雪，与梅花合起来形成了十足的春色。

短析

诗人都喜爱雪、喜爱梅花，它们都是高雅的事物。第一首诗写雪和梅花争比谁更美丽，要诗人评判，雪白、花香，各有各好，诗人大费脑筋。这是诗人的一种生活情趣，雪和梅花当然不会“争春”，这只是诗人的自我幻想，自娱自乐。第二首诗写诗人的生活品味，单有梅花和雪花是不够的，也要有诗。诗、梅花与雪花三者合起来便“十足”了，其中为这些事物加分，莫过于“诗”，它让高雅的东西变得更高雅。两首诗都用了一些数量词，如“三分”“一段”“十足”，显得很灵活，使“白”“香”“春色”好像真的可以度量一样。

答钟弱翁①

牧童②

草铺横野六七里③，笛弄晚风三四声④。

归来饱饭黄昏后，不脱蓑衣卧月明⑤。

注释

①钟弱翁：可能是宋朝的钟傅，官至集贤殿修撰、龙图阁大学士。此诗又收录在《全唐诗》中，作《牧童》。

②本诗作者为“牧童”，这可能是流传时发生了错误，在《全唐诗》中，此诗为吕岩的作品。吕岩，即吕洞宾，不过，这是否真是他的诗歌，仍是一个疑问。

③横：像横线一样、连绵的。

④弄：乐曲的一段或一章，如《梅花三弄》。这里作动词用，指吹奏笛曲。

⑤蓑衣：由蓑草编成的雨衣。卧月明：躺在明月之下。

诗歌大意

绿草连绵地铺满了六七里远的原野，晚风之中吹奏起两三声笛曲；黄昏回来吃饱饭后，和着蓑衣躺在明月之下。

短析

这首诗的时代、作者都有疑问。首先它收录在《全唐诗》中，诗题为《牧童》，作者是吕岩。不过吕洞宾作为一个传说中的人物，他的生平与经历的真实性已不可考证。其次，钟弱翁这个人物是唐代人还是宋代人，也是个问题。《全唐诗》中提到了弱翁，但宋朝也有一个人叫钟傅，字弱翁，如果真是宋代的钟弱翁，那么诗歌当然不可能是唐代的吕洞宾所作。甚至，我们可以推测，诗题或诗人可能是其他字和人，只是流传当中出错了，如把“羽”字看成“弱”字。这告诉我们，古代诗歌并不是一成不变的，时间有时会改变诗歌的样子。

泊秦淮[①]

杜牧

烟笼寒水月笼沙[②]，夜泊秦淮近酒家。
商女不知亡国恨[③]，隔江犹唱后庭花[④]。

注释

①秦淮：即秦淮河，位于今南京市内。此诗又作《秦淮夜泊》。

②笼：笼罩。

③商女：歌女。亡国恨：指国家灭亡的伤痛。

④后庭花：即歌曲《玉树后庭花》，传说为南朝陈后主所作。陈后主是南朝陈的最后一个皇帝，常在宫中赋诗奏乐，隋朝军队攻破陈时，人们在枯井中寻

到相拥躲避的陈后主、贵妃张丽华及孔贵嫔。《玉树后庭花》象征只顾欢乐的亡国之音。

诗歌大意

轻烟笼罩着清寒的河水，月光笼罩着沙子，夜里泊船在靠近酒家的秦淮河边。歌女们不知道国家灭亡的伤痛，在河流的对岸仍唱着陈后主的《玉树后庭花》。

短析

这是一首非常著名的诗歌，兼具优美的描写与深刻的讽刺。秦淮河在南京，即当时的扬州，那里气候温和、风景秀丽、经济发达，一直是歌舞升平的江南之地。诗歌的首两句道出了风景的美丽（烟笼寒水月笼沙），与放纵玩乐的情况（秦淮河旁的酒家），如此美好，当然使人陶醉，甚至让人忘记国家的伤痛。那些不知道亡国恨的歌女，唱着亡国之君所作的乐曲《玉树后庭花》，把国破家亡抛诸脑后，继续寻欢作乐的景象，对关心国家的人来说真是一个讽刺。这首诗写得非常优美，第一句“烟笼寒水月笼沙”，有缥缈梦幻之美，成为后代很多诗人学习的对象。

归雁

钱起[①]

潇湘何事等闲回[②]，水碧沙明两岸苔。
二十五弦弹夜月[③]，不胜清怨却飞来[④]。

注释

①钱起：字仲文，生年不详，卒于公元780年，唐代吴兴（今属浙江）人。他是“大历十才子”之一，是中唐的著名诗人。

②潇湘：潇水与湘水，这两条河流在今湖南省零陵县汇合。等闲：轻易地。回：这里指大雁飞回北方。传说雁鸟从北方向南方飞，到了湖南衡阳县的回雁峰后，便会停息下来不再南行。

③二十五弦：指瑟。《汉书》里有这样的故事：秦帝让素女弹奏有五十根弦的瑟，因为瑟音太悲伤，秦帝把瑟劈破，弦剩下二十五根。

④不胜：不能承受。清怨：凄清悲怨。

诗歌大意

雁子啊，你为何来到潇水与湘水汇合之地，却又转身飞回去？这里河水碧绿、河沙明亮，两岸长有青绿的苔草。是不是有人在夜月之下弹奏古瑟，你因不能承受那凄清之声而飞回去呢？

短析

这首诗有一个问题与一个回答，问题是：潇湘之地风景优美，为什么大雁不留下来？回答是：因为这里有很凄凉的古瑟声，所以大雁受不了而飞回去。整首诗意思比较难懂，原因在于诗歌没有写出明显的主语，以及明显的因果关系。例如第一首“潇湘何事等闲回”，如果诗的题目没有写出“归雁”，我们根本不知道是大雁飞到潇湘又回去。又例如第三句“二十五弦弹夜月”，我们需要知道二十五弦是古瑟，并且了解秦帝因为瑟音悲怨而把它劈开的故事，才能明白大雁为何“不胜清怨”而飞回去。这些诗句的形式与古老故事，古代人可能非常熟悉，一看就懂，但对现代人来说，却不是那么简单。

题壁①

无名氏

一团茅草乱蓬蓬②，蓦地烧天蓦地空③。
争似满炉煨榾柮④，慢腾腾地暖烘烘。

注释

①据说此诗是北宋王安石变法后的民间打油诗，又有书籍记载，这是嵩山“法堂”墙壁上的题诗。

②乱蓬蓬：乱七八糟。

③蓦地：忽然地、突然地。空：没有了、消失了，这里指火熄灭。

④争似：比不上。煨：火烤、用微火煮。榾柮：木头，这里指把木头当柴烧。

诗歌大意

一团茅草乱七八糟地堆在一起，忽然之间猛烈地烧起来，满天通红，又忽然之间转瞬熄灭。这茅草怎比得上满满的火炉，木头被微火烧着，它虽然是慢慢地，但有持久的温暖。

短析

这首诗写两把不同的火。前两句写茅草的火，看起来好像很有威力，烧得很猛烈，但燃烧的时间很短暂，不一会儿就烧完了，没有了。后两句写木头的炉火，虽然慢慢地烧着，比不上通天大火，不过它却能持久地散发温暖。前一种火，是徒有其表、浮夸做事的人，后一种火是充满毅力、脚踏实地做事的人，他们当中谁比较优胜，是显而易见的。

七言律诗

早朝大明宫[1]

贾至[2]

银烛朝天紫陌长[3]，禁城春色晓苍苍[4]。
千条弱柳垂青琐[5]，百啭流莺绕建章[6]。
剑佩声随玉墀步[7]，衣冠身惹御炉香[8]。
共沐恩波凤池上[9]，朝朝染翰侍君王[10]。

注释

①早朝：早上时分上朝。大明宫：唐代宫殿名称。此诗又作《早朝大明宫呈两省僚友》。

②贾至（718—772）：字幼邻、幼几，唐代洛阳（今属河南）人。贾至官至中书舍人，素有文名。安史之乱时，贾至跟随唐玄宗入蜀，唐玄宗传位唐肃宗，其传位文书就是由他撰写。

③银烛：银白色的烛光，这里指月光。紫陌：京城的大道。

④禁城：皇城。

⑤青琐：古代宫门上一种青色的雕刻装饰，后来泛指宫门。

⑥百啭：声音婉转。建章：汉武帝宫殿名，这里指唐代皇宫。

⑦剑佩：佩带在身上的宝剑与玉佩，可能指官员或侍

卫。玉墀：玉造的宫殿台阶。

⑧惹：沾上。

⑨沐：受到。恩波：皇上的恩德。凤池：禁宫的水池，这里借指中书省。

⑩染翰：毛笔蘸墨书写。

诗歌大意

银白色烛光一样的月光满布天空，京城长安的大道显得很长。早晨皇城充满深绿苍翠的春色。上千条柔弱的柳枝垂在宫门前，声音婉转动听的莺儿，围绕着皇宫飞来飞去。官员或侍卫身上佩带着叮当作响的宝剑与玉佩，伴随着它们的声响走上宫殿的台阶，他们的衣服熏染了皇宫香炉的香气。我们这群臣子都蒙受皇上的恩德，每天都持毛笔蘸墨书写，以侍奉君王。

短析

唐肃宗乾元元年，贾至担任中书舍人，这个职位相当高，担任者一般都具有非常高的文学声望，因为这个官职要为皇帝草拟诏书，并参与商议国事。贾至与父亲贾曾，都担任过这个职位，是非常难得的。诗题一作《早朝大明宫呈两省僚友》，点明了诗歌的背景，任职中书舍人的贾至，到大明宫上早朝，写了这一首诗，送给同朝的友人，“两省僚友”即中书省、门下省的杜甫、王维与岑参。这首诗用了很华丽的字眼和精巧的比喻、借喻，内容无非是描写皇城的富丽，以及自己上朝的情况，并歌颂君王的恩德。

和贾舍人早朝[1]

杜甫

五夜漏声催晓箭[2]，九重春色醉仙桃[3]。
旌旗日暖龙蛇动[4]，宫殿风微燕雀高。
朝罢香烟携满袖[5]，诗成珠玉在挥毫[6]。
欲知世掌丝纶美[7]，池上于今有凤毛[8]。

注释

①和：即唱和，别人写了一首诗，自己也写一首以酬答。贾舍人：贾至，任职中书舍人。这首诗是杜甫对贾至《早朝大明宫》的和诗。

②五夜：五更。晓箭：在铜壶滴漏上指示时间的部分，形状像箭。

③九重：皇宫的台阶一重又一重，非常之多，“九”是很多的意思。这里代指皇宫。

④龙蛇动：宫中旌旗挥舞如龙蛇摆动。

⑤朝罢：早朝结束。

⑥珠玉：美好的诗如珠玉。挥毫：指写诗。毫，即毛，

指毛笔。

⑦世掌：世代掌管，贾至与其父贾曾都做过中书舍人，掌管皇帝诏书。丝纶：皇帝诏书。详见白居易《直中书省》注。

⑧池：即贾至《早朝大明宫》的凤池。凤毛：凤凰的羽毛，比喻极为珍贵的才士，这里有儿子承继父亲才华的意思。

诗歌大意

五更时分，漏壶滴水的声音催促着箭形的指针移动，一重一重的皇宫大殿充满明媚的春色，像喝醉了的仙桃一样可爱。天气温暖，宫中的旌旗挥舞如龙蛇摆动，宫殿上空吹着微风，燕子和鸟儿飞得很高。早朝结束后，满袖都是充满香味的烟气，写成了如珠玉一样美好的诗篇。想了解一下父子世代都撰写皇帝诏书这种美事，看看现在皇宫中书省那像凤凰羽毛一样珍贵的人就明白了。

短析

这首诗是杜甫对贾至《早朝大明宫》的和诗，当时杜甫担任门下省的左拾遗。和诗是先有一首原作，其他人写作一些近似的诗歌作为附和。和诗是古代诗人之间切磋交流的常见行为，有点以诗歌交友和娱乐的性质。

杜甫这首诗，基本上是跟随贾至的诗而作。第一、二句写自己在天还没亮的时候已经上朝，第三、四句写皇宫或皇城的美丽，第五、六句写臣子上朝的情况，第七、八句赞美他人（贾至赞美皇帝，杜甫赞美贾至），手法和内容基本上是一致的，而且有一些意象也是相同的，例如皇宫的香气与凤凰池，这是杜甫刻意使用的。

和贾舍人早朝

王维

绛帻鸡人报晓筹[①]，尚衣方进翠云裘[②]。
九天阊阖开宫殿[③]，万国衣冠拜冕旒[④]。
日色才临仙掌动[⑤]，香烟欲傍衮龙浮[⑥]。
朝罢须裁五色诏[⑦]，珮声归到凤池头[⑧]。

注释

①绛帻：红色头巾。鸡人：宫中报时的人。晓筹：指早上时分。晓，早晨。筹，计时的筹签。

②尚衣：掌管皇帝衣服的官员。翠云裘：青翠如云的衣服。

③九天：天的最高处，这里指皇宫。阊阖：宫门。

④衣冠：衣服、官服，这里指其他国家的使臣。冕旒：皇帝礼冠及冠前的珠子，这里指皇帝。

⑤仙掌：这里指为皇帝遮太阳或扇风的扇子。

⑥衮龙：皇帝衣服上的龙形图案。

⑦裁：裁纸。五色诏：用五色纸写的诏书。

⑧凤池：与贾至《早朝大明宫》中的“凤池”相同。

诗歌大意

戴着红色头巾的报时官员报告着时辰，掌管衣服的官员刚刚把翠绿如云的衣服呈给皇上。尊贵如九天之上的宫门打开了，成千上万个国家的使臣拜见皇上。白日的光线刚刚出现，像仙掌一样的扇子已经为皇上扇风，带着香味的轻烟缭绕在皇上的周围，使帝袍的龙纹浮动。早朝结束后，便裁剪五色纸以写诏书，珮玉的声音回到了中书省去。

短析

王维以山水田园诗著名，诗歌风格比较简洁，如“人闲桂花落，夜静春山空”，然而，他也很擅长京城内部的应酬之作。身兼高官与诗人的贾至写了诗，不论交情如何，作为著名诗人的杜甫、王维、岑参附随唱和，是很自然的事。王维出身名门，家族中有许多官员，王家在唐代是很有地位的，因此可以说他是在上流社会中成长起来的。他参与过很多诗歌应和酬答，亦很熟悉这类诗歌的写法，大概是使用较文雅典丽的词语（例如把报时写作“报晓筹”）、营造高贵的气氛和景物等。

和贾舍人早朝

岑参[①]

鸡鸣紫陌曙光寒，莺啭皇州春色阑[②]。
金阙晓钟开万户[③]，玉阶仙仗拥千官[④]。
花迎剑佩星初落[⑤]，柳拂旌旗露未干。
独有凤凰池上客[⑥]，阳春一曲和皆难[⑦]。

注释

①岑参（715—770）：又称岑嘉州，唐代江陵（今属湖北）人。岑参历数官，曾两次出塞边疆，出塞的经历使他眼界大开，并写下很多雄壮的边塞诗。

②啭：婉转的叫声。皇州：京都。阑：尽。

③金阙：皇宫金殿。

④仙仗：像神仙一样的皇帝仪仗队。

⑤剑佩：宝剑与玉佩。见贾至《早朝大明宫》注。星初落：星星刚落下，即天初亮。

⑥凤凰池：释义与贾至《早朝大明宫》，杜甫、王维《和贾舍人早朝》相同。

⑦阳春：相传是中国古代极为高雅的乐曲，懂得的人

很少。这里用来比喻贾至的《早朝大明宫》非常高雅。

诗歌大意

鸡鸣叫，京城的大道上有清寒的曙光，莺儿婉转动听的声音遍布皇城，充满了春天的气息。皇宫金殿早晨的钟声打开千家万户的大门，玉造的台阶上，像神仙一样的皇帝仪仗队，拥着成千上万的官员。星星刚落下，天亮了，鲜花欢迎着佩剑的臣子，柳树拂过旌旗，上面的露水还未干。只有那尊贵如凤凰池的中书省诗人，所写的诗歌如《阳春》曲一样高雅得难以唱和。

短析

三首和诗，在不同的地方都与贾至的《早朝大明宫》有关系，首先是整首诗的结构（诗歌以描写天未亮的时刻、皇宫与皇城的华丽、上朝、赞美为主），其次运用了贾至的意象（报时的人或器具、香、凤凰池）。《千家诗》把这四首诗组合在一起，可以说是一种示范，让学诗的人了解“和诗”的性质，如何写“和诗”，这种诗歌是古代诗人生活的一部分，因此写作和诗可以说是一种必要的技能。

上元应制[1]

蔡襄[2]

高列千峰宝炬森[3]，端门方喜翠华临[4]。
宸游不为三元夜[5]，乐事还同万众心。
天上清光留此夕，人间和气阁春阴[6]。
要知尽庆华封祝[7]，四十余年惠爱深[8]。

注释

①上元：正月十五。应制：奉皇帝之命作诗。

②蔡襄（1012—1067）：字君谟，北宋兴化（今属福建）人。蔡襄官至端明殿学士，工于诗文，书法尤为出色，与苏轼、黄庭坚、米芾并称“宋四家”。

③千峰：灯饰堆叠成峰。宝炬：灯。森：林立。

④端门：宫殿的正门。翠华：皇帝仪仗队举起的羽毛宫扇。

⑤宸游：皇帝出巡。三元夜：这里指上元夜。

⑥和气：祥和之气。阁：同“搁”，留在。春阴：这里指春天的夜晚。

⑦华封祝：华州封人的祝福。古代尧帝到了华州，华州的封人祝愿他多寿、多福、多子，又叫“华封三祝”。

⑧四十余年：诗人写此诗时，宋仁宗在位已经四十多年。

诗歌大意

许许多多的灯饰堆叠成山峰的形状，美丽的蜡烛灯盏林立着。宫殿的正门打开了，皇上被举着羽毛宫扇的仪仗队簇拥着，来到这里。他的出巡不是为了在上元夜出来游玩，而是与广大百姓一起分享快乐。天上清朗的光辉留在这个时候，人间的祥和之气留在这个夜晚。想要知道如何能尽庆而归，就效法华州封人，祝皇上多寿、多福、多子。皇上四十多年施行仁政，对人民的恩惠和爱护很是深厚。

短析

皇帝在上元佳节走出皇宫，到民间观灯，因此命令诗人为此事写一首诗，诗人“奉皇命写诗”，就是应制诗。这种诗歌基本上是一种宫廷的作品，因此有着宫廷的气息，例如要写得华丽高雅，用字比较高级，选用的意象要配合皇帝和宫廷的身份，还要配合宫殿的使用场合，不能太过尖锐。大部分的应制诗都是歌颂性质，如歌颂皇帝、宴会、皇宫、出游、军队等，内容也大致相同。

上元应制[①]

王珪[②]

雪消华月满仙台[③]，万烛当楼宝扇开[④]。
双凤云中扶辇下[⑤]，六鳌海上驾山来[⑥]。
镐京春酒沾周宴[⑦]，汾水秋风陋汉才[⑧]。
一曲升平人共乐，君王又尽紫霞杯[⑨]。

注释

①此诗原题为《依韵恭和御制上元观灯》，皇帝写了一首《上元观灯》诗，诗人便写这首诗作为唱和。

②王珪（1019—1085）：字禹玉，北宋华阳（今属四川）人。王珪历宋仁宗、英宗、神宗三朝，官至岐国公，谥号文恭。一说这首诗的作者为王淇。

③消：消融。仙台：比喻皇宫的台阁。

④当：对着。

⑤辇：皇帝的车马。

⑥六鳌：六只巨大的鳌鱼，相传背负着三座仙山。上元节的一种灯饰，也会叠成大鳌山的形状。

⑦镐京：周朝的首都是“镐”，这里借喻北宋的京城。周宴：用周朝的宴会借喻宋朝的宴会。

⑧汾水秋风：汉武帝曾游汾水，并写了《秋风辞》。

陋汉才：指汉武帝的才华浅陋，比不上大宋皇帝。

⑨紫霞杯：一种酒杯名，这里借指美酒。

诗歌大意

白雪消融，美丽的月光洒满皇宫的台阁，成千上万的蜡烛对着楼台，皇帝仪仗队的宝扇左右排列打开。仿佛有一对云中凤凰，搀扶着皇上走下车马；灯饰好像是六只大鳌鱼，背负着仙山来到这里。今日的宴会，好比周朝首都镐京的国宴，今日的皇上，才华高于在汾水写《秋风辞》的汉武帝。今夜奏着乐曲，一片升平，君臣同乐，皇上再次喝了一杯用紫霞杯盛着的美酒。

短析

这首诗与蔡襄的《上元应制》一样，都是上元节时，奉皇帝之命而作的诗歌，诗中充满华丽的描写，并夸耀宋朝与大宋皇帝。所不同的是，蔡襄的诗描写皇帝到民间观灯，而这首诗描写的是皇宫内的宴会。

侍宴①

沈佺期②

皇家贵主好神仙③，别业初开云汉边④。
山出尽如鸣凤岭⑤，池成不让饮龙川⑥。

妆楼翠幌教春住[7]，舞阁金铺借日悬[8]。

敬从乘舆来此地[9]，称觞献寿乐钧天[10]。

注释

①《全唐诗》中，此诗题为《侍宴安乐公主新宅应制》，安乐公主是唐中宗的女儿，她迁入新居，沈佺期等诗人奉命作诗庆贺。

②沈佺期：字云卿，生年不详，卒于公元714年，唐代相州内黄（今属河南）人。沈佺期官至中书舍人，他的诗歌格律严密，具有形式美，是奠定格律诗形式的重要诗人，与宋之问并称“沈宋”。

③贵主：尊贵的公主，指唐中宗女儿安乐公主。

④别业：新的大宅。初开：刚建成。云汉：天河。

⑤鸣凤岭：山名，位于今陕西省，传说有凤鸟在山中鸣叫。

⑥不让：不比……差。饮龙川：河名，即沂水，在今山东省，流经江苏，传说有龙在这里饮水。

⑦幌：帘幕。留春住：把春天留住。

⑧金铺：门上的黄金装饰。

⑨乘舆：皇帝的车马。

⑩称：举起。觞：酒杯。钧天：古代乐曲。

诗歌大意

皇家尊贵的公主爱好神仙和仙景，新的大宅刚刚建成，仿佛坐落在天河边缘。所有假山都建造得像鸣凤岭一样美丽；所有水池落成后都不比饮龙川逊色。梳妆的楼台有翠绿的帘幕，似要把春天都留住；舞蹈的楼阁有黄金的门饰，像借来太阳悬挂此地。侍从和皇上都来到这里，举起酒杯祝寿，奏起《钧天》乐曲。

短析

这也是一首应制诗，写安乐公主的新居落成，一众诗人奉命写诗庆贺。此诗与前两首诗非常相似，内容都是华丽的景物描写，充满了宝石、金光和香味，又把住处、景物、人物比作天宫和仙人，最后都是快乐的结尾，充满着歌舞、音乐、美酒、祥和及恩典。通过这些诗歌，可以学习到如何写作应制诗，以便在应酬的场合中使用，这可能是它们被选入《千家诗》的用意。

答丁元珍[①]

欧阳修[②]

春风疑不到天涯[③]，二月山城未见花。
残雪压枝犹有橘[④]，冻雷惊笋欲抽芽[⑤]。

夜闻啼雁生乡思，病入新年感物华[6]。
曾是洛阳花下客[7]，野芳虽晚不须嗟[8]。

注释

①欧阳修诗集中，此诗题作《戏答元珍》。丁元珍：即丁宝臣，字元珍，欧阳修的朋友，他写了一首《花时久雨》诗送给欧阳修，此首是欧阳修的回赠诗。

②欧阳修（1007—1072）：字永叔，号醉翁，又号六一居士，北宋吉州（今属江西）人。欧阳修官至礼部尚书、枢密院副使、观文殿学士、太子少师等，是北宋著名文学家，诗歌与散文都非常出色，风格明朗畅达，对后代文人有重要影响。他是唐宋八大家之一。

③疑不到：怀疑……不能到达。天涯：遥远的地方。

④残雪：尚未融化的雪。

⑤冻雷：冰冻之后的第一声雷，即早春的雷。

⑥病入新年：带着生病的身体进入新一年。物华：美好的景物。

⑦洛阳花下客：洛阳牡丹花下的客人。欧阳修曾经做过洛阳留守推官，而洛阳以牡丹花而闻名。

⑧野芳：野花。晚：开得晚。嗟：叹息。

诗歌大意

我怀疑春天的风不能吹到遥远的地方，所以二月的山城仍然看不见花朵。尚未消融的白雪积压在枝条上，树上仍有秋冬时结果的橘子；早春的雷声惊醒了冬笋，它快要抽发新芽了。夜晚时分，我听到雁鸟啼声，顿生思乡之情，我拖着带病的身体进入新一年，感慨美好的景物经常变迁。我与你（丁元珍）都曾经在洛阳任职，是那美丽牡丹花的客人，现在都已身在他方，我这里的野花虽然开得比较晚，但也不需要为此叹息。

短析

景祐四年，欧阳修被贬官到硖州夷陵县当县令，这首诗是他被贬后的作品。诗歌描写一个春天，但春风还没吹来，也没有花开，它的天气如冬天一样，有积雪和冬天的橘子。整首诗的感情，与诗人被贬官息息相关。尤其是当诗人回想身在洛阳做官，那里牡丹盛开，我们更感到诗人内心的失望，不过他没有自暴自弃，最后也勉励自己与朋友，不需嗟叹花朵开得晚，其实是说不需嗟叹来到硖州。

插花吟[1]

邵雍[2]

头上花枝照酒卮[3]，酒卮中有好花枝。
身经两世太平日[4]，眼见四朝全盛时[5]。
况复筋骸粗康健[6]，那堪时节正芳菲[7]。
酒涵花影红光溜[8]，争忍花前不醉归[9]。

注释

①吟：即吟唱，也是写诗的意思。

②邵雍（1011—1077）：字尧夫，号安乐先生，谥号康节，北宋人。他祖籍范阳，后居共城（今属河南），晚年隐居苏门山百源，故又称“百源先生”。邵雍是北宋理学名家，研究《易传》等，一生不仕，隐居山中，诗歌大都平易流畅。

③酒卮：酒器。

④两世：古时称三十年为一世，两世即六十年。

⑤四朝：真宗、仁宗、英宗、神宗四朝，此时是宋初至中期，天下太平。

⑥况：何况。复：又。粗：大致、尚算。

⑦那堪：正是。

⑧涵：包含着。溜：流动、浮动。

⑨争忍：怎忍得住。

诗歌大意

插在头上的花枝映照在酒壶里，所以酒壶亦有了美丽的花朵。我亲身经历了六十年的太平日子，亲眼看见了真宗、仁宗、英宗、神宗四朝的繁盛时世，更何况身体又尚算健康，并适逢鲜花盛开的时节。美酒包含着花影，酒色红光潋滟地流动，在如此情况下，我又怎能忍得住不在花前喝个大醉呢？

短析

邵雍把自己的诗集命名为《击壤集》，出自远古民谣《击壤歌》。这首歌谣的内容是说一个人日出而作，日落而息，凿井来取水喝，耕田种食物，皇帝的事与自己没有关系。从这里可以知道，邵雍是一位不关心名利、高逸淡泊的隐士，他的诗歌都是写日常生活，充满生活情趣，例如这一首《插花吟》，就是写自己插花喝酒的写意生活。

寓意[①]

晏殊[②]

油壁香车不再逢[③]，峡云无迹任西东[④]。
梨花院落溶溶月[⑤]，柳絮池塘淡淡风。
几日寂寥伤酒后[⑥]，一番萧瑟禁烟中[⑦]。

鱼书欲寄何由达[8]，水远山长处处同[9]。

注释

①此诗一作《无题》。寓意：以诗寄托自己的心意。

②晏殊（991—1055）：字同叔，北宋抚州临川（今属江西）人。晏殊以神童身份考试，赐同进士出身，仁宗朝官至宰辅，也是位著名的诗人和词人，风格温柔婉丽，写了很多情诗。

③油壁：即油壁车，一种挂有防水油布的华丽马车，一般由妇女乘坐。

④峡云：巫峡上的云，宋玉《高唐赋》写楚襄王与巫山神女梦中相会，峡云暗指男女幽会之事。

⑤溶溶：月色如水般柔和、明净。

⑥伤酒：过度饮酒后感到不适。

⑦禁烟：寒食节禁止生火。

⑧鱼书：古代诗歌中常常出现鱼肚中藏书信的描写，因此把书信称作鱼书。达：到达。

⑨水远山长：遥远的高山与河水，这里指因山水阻隔而使通讯困难。

诗歌大意

坐在华丽的油壁车里的佳人啊，我们已经不能再相逢了，我们的相聚就像巫山的云彩一样忽西忽东、来去无踪。种满梨花的院子里，月色如水般柔和；飘散着柳絮的池塘中，吹来淡淡的微风。我这几天都感到悲伤寂寞，因过度饮酒而感到不适，在一片萧瑟之中，又到了寒食节。我想寄给你一封写满心意的信，但不知怎样才能寄到你的手中，那些阻隔我们的高山与河流到处都一样。

短析

晏殊的词比诗歌出名，甚至被人称作“宰相词人”，“无可奈何花落去，似曾相识燕归来”“落花风雨更伤春，不如怜取眼前人”，都是他的名句。他的词温柔婉约，诗歌的风格也一样，如这首诗，以伤感而温柔的语气向情人诉说着思念。作为宋朝宰相，他的情诗与情词很多，也很出色，可算是一位多情的人。

寒食书事①

赵鼎②

寂寂柴门村落里，也教插柳纪年华③。
禁烟不到粤人国④，上冢亦携庞老家⑤。
汉寝唐陵无麦饭⑥，山溪野径有梨花。
一樽竟藉青苔卧⑦，莫管城头奏暮笳⑧。

注释

①书事：记事。

②赵鼎（1085—1147）：字元镇，号得全居士，南宋解州（今属山西）人。赵鼎曾经两度出任宰相，支持岳飞抗金，后因与秦桧不和而被降职，又因受到迫害而绝食身亡。宋孝宗朝追封他为丰国公，赠太傅职衔，谥号忠简。

③插柳：寒食节把柳插在门上，以表示节日又到了。年华：一年、时间。

④禁烟：寒食节禁止生火。粤人国：今广东、广西一带。

⑤上冢：即扫墓。冢，坟墓。庞老：即庞德，他是东汉末年的隐士，当时刘表屡次请他出山，都被他拒绝了，后来他在清明节带家人扫墓，被人看见。

⑥汉寝唐陵：汉代和唐代的坟墓。麦饭：粗麦煮的饭，指简陋的祭品。

⑦一樽：一樽酒。藉：靠着。

⑧暮笳：古代一种类似号角的乐器，傍晚时吹起，表示城门快要关闭。

诗歌大意

布满柴门的寂静村庄中，长辈指导后辈插着柳枝，以表示新的一年又到了。虽然广东、广西一带的人不知道寒食节，但却知道清明节，他们像庞德一样同家人一起扫墓。汉、唐的古老陵墓，已没有人拿着麦饭等简陋的祭品去拜祭了，山陵和溪水，以及野外的小路都开着梨花。提着一樽酒，倚靠着青苔躺卧，也不管城门快要关闭时吹起的号角声。

短析

这首诗是诗人被贬官到南方的作品，在此之前，他曾经两度担任大宋的宰相。他在诗中描写了粤地的风俗，虽不庆祝寒食节，但在寒食后的清明节上山扫墓。诗中并没有表达贬官的伤感，反而写在野外闲适地躺卧，懒理城门关闭的号角声，心态显得很豁达。

清明

黄庭坚

佳节清明桃李笑①，野田荒冢只生愁。
雷惊天地龙蛇蛰②，雨足郊原草木柔。
人乞祭余骄妾妇③，士甘焚死不公侯④。
贤愚千载知谁是，满眼蓬蒿共一丘⑤。

注释

①桃李笑：指桃花和李花盛开，显得很快乐。

②蛰：指冬天动物不吃不喝不动，这里指雷声把那些

动物吓得动弹不得。

③人乞祭余：《孟子·离娄下》记载的一个故事，说古代齐国有一个人，乞讨人家祭祀时余下的食物，回家却向妻子和妾侍夸耀自己被富贵人家款待。骄：向人炫耀。

④士甘焚死：即晋国君主烧山迫介子推出山，最后把他活活烧死的故事。详见韩翃《寒食》诗注。公侯：指做高官。

⑤蓬蒿：杂草，常生长于坟墓上。

诗歌大意

清明时分，桃花和李花盛开，显得很快乐，野田与荒凉的坟墓，却笼罩着一片哀愁。雷声很大，惊天动地，把动物吓得动弹不得，郊外原野的雨水充沛，使细草和树木柔顺美丽。齐国有人乞讨祭祀后的食物，却向妻妾炫耀自己受人款待；隐士介子推因为不愿意做官，被晋国公活活烧死，千年以来，谁能知道他们当中谁是贤者，谁是愚人？如今我看见一片蓬蒿生长在丘土之上，心生感慨。

短析

这首诗歌用了很多对比，第一句是“桃李欢笑”对比“坟墓生愁”，第二句是“动物蛰伏”对比“草木生长”，第三句是“装模作样的乞食人”对比“被活活烧死的隐士”，在经过一连串相反的对比后，感到世事多变，因此诗人充满感慨。此诗的最后一句“满眼蓬蒿共一丘”，与诗歌内容并没有直接的关系，它只是一个结束的画面，其作用是透过这个画面，传达天地茫茫的氛围，以渲染诗歌所表达的情绪。

清明

高翥[①]

南北山头多墓田，清明祭扫各纷然。
纸灰飞作白蝴蝶[②]，泪血染成红杜鹃[③]。
日落狐狸眠冢上[④]，夜归儿女笑灯前。
人生有酒须当醉，一滴何曾到九泉[⑤]。

注释

①高翥（1170—1241）：原名公弼，字九万，号菊涧，南宋余姚（今属浙江）人。高翥终身不仕，以教书为生，诗歌与绘画都非常出色，诗歌风格平易、自然、淡雅。

②纸灰：纸钱烧成灰。

③红杜鹃：指杜鹃啼血的故事。详见王令《送春》注。

④日落狐狸：狐狸晚上出来活动。

⑤九泉：指人死后所在的地方。

诗歌大意

山头的南北布满了坟墓，清明扫墓祭祀的人很多。纸钱烧成灰，飞起来好像一只只白蝴蝶，杜鹃鸟的眼泪与啼出的鲜血把杜鹃花染成红色。日落时分狐狸出来了，睡在坟头上，儿女们晚上归家，在灯火前谈笑。人生在世，就需要痛快地喝个酩酊大醉，哪有一滴酒可以带到九泉之下呢？

短析

诗歌的前半部分描写清明节扫墓的情景，烧纸钱、杜鹃泣血，这些都令人伤感。诗人由此想到人生的短暂，并呼吁及时行乐，要痛痛快快地喝酒。这首诗歌的后半部分有李白《将进酒》“人生得意须尽欢，莫使金樽空对月”的影子。

郊行即事①

程颢

芳原绿野恣行时②，春入遥山碧四围③。
兴逐乱红穿柳巷④，困临流水坐苔矶⑤。
莫辞盏酒十分劝⑥，只恐风花一片飞⑦。

况是清明好天气，不妨游衍莫忘归[8]。

注释

①郊行：在郊外散步行走。

②恣：尽情地。

③遥山：遥远的山。碧四围：四周都是碧绿的颜色。

④兴：兴致。逐：追逐。乱红：斑斓的红花。

⑤困：疲倦。临：到。苔矶：长着青苔的石头。

⑥莫：不。辞：推辞。劝：劝人饮酒。

⑦风花：风中的花朵。

⑧游衍：放任地游玩。

诗歌大意

我尽情地在美丽、翠绿的原野里散步游览，遥远的山峰充满着春天的气息，四周都是碧绿的颜色。兴致正浓的时候，追逐着斑斓的红花，穿过排列如小巷的柳树，疲倦时到有流水的地方，坐在长着青苔的石头上。我不会推辞美酒，要喝得醉醺醺的，就只怕风中花朵片片飞，何况是清明时节，天气那么好，不妨放任地游玩，虽然很高兴，但也不要忘记回家啊。

短析

《千家诗》选取的程颢的几首诗歌，都是闲适自然的。例如《春日偶成》和这首诗，内容都非常简单、悠闲。从这些诗中，我们可以看到，作为一位理学家，程颢心胸广阔、悠然自得，他并不是整天埋头读书，个性也不见得呆板、没情趣。

秋千

释惠洪[①]

画架双裁翠络偏[②]，佳人春戏小楼前[③]。
飘扬血色裙拖地[④]，断送玉容人上天[⑤]。
花板润沾红杏雨[⑥]，彩绳斜挂绿杨烟。
下来闲处从容立，疑是蟾宫谪降仙[⑦]。

注释

①释惠洪（1071—1128）：字觉范，北宋筠州（今属江西）人，是一位著名的诗僧。释是“释迦牟尼”，出家人多以释为姓。一说此诗的作者为洪觉范。

②画架：绘有图画的秋千架。双：两根。裁：剪裁。翠络：秋千左右两边的翠绿绳子。偏：倾斜。

③春戏：在春光中玩乐。

④血色：鲜红色。

⑤断送：推送。

⑥花板：秋千中刻有花纹的脚踏板。红杏雨：如雨落

下的红杏花。

⑦蟾宫：月宫，相传月亮中有蟾蜍。谪降仙：被贬下凡间的仙子。

诗歌大意

绘有图画的秋千架，左右两边的翠绿绳子来回倾斜荡漾，美丽的女子在满载春光的小楼前玩乐。漂亮的裙子很长，拖到地上，荡秋千时鲜红的颜色飘扬在空中，推送着容颜如玉的佳人上天际。刻有花纹的脚踏板温润地沾上了如雨落下的红杏花，绳子斜斜地挂着如轻烟般的绿杨。女子下秋千时，表现得很悠闲，从容地站立，让人怀疑她是被贬下凡间的月宫仙子。

短析

如果我们相信这首诗是诗僧释惠洪所作，那么我们便会好奇他是一个怎样的人。作为一名僧人，他竟然描写一位女子荡秋千，并在诗中夸赞她的美丽。其实，释惠洪的个性是很洒脱的，他的诗歌风格雄峻，不似其他僧人。他也作婉丽的词，因此有“浪子和尚”之称。此外，他又撰写了有关诗歌理论的著作，可称得上是一个奇人。

曲江　其一①

杜甫

一片花飞减却春②，风飘万点正愁人③。
且看欲尽花经眼④，莫厌伤多酒入唇⑤。
江上小堂巢翡翠⑥，苑边高冢卧麒麟⑦。
细推物理须行乐⑧，何用浮名绊此身⑨。

注释

①此诗又作《曲江对酒》。曲江：即曲江池，唐代京城长安的旅游胜地，现在已经干涸。

②减却春：减少了春色。

③愁人：令人伤感。

④欲尽：花快要开尽，很快便凋零。花经眼：花色在眼前经过，这里指看花。

⑤伤多：过量喝酒而不适。

⑥巢：筑巢。翡翠：这里指翡翠鸟。

⑦苑：曲江旁边的园子。麒麟：在陵墓前的麒麟石像。

⑧推：思考。物理：事物的原理、道理、真理。

⑨浮名：虚幻的名利。绊：束缚。

诗歌大意

一大片凋残的花飞舞着，已减少了春色，那万片花瓣被风吹得飘飘荡荡，更是令人伤感。快点去看看这些将要凋零的花朵吧，多喝一点可以忘愁解忧的美酒，也不要嫌弃过量喝酒后的不适。翡翠鸟在曲江旁边的小堂上筑巢，麒麟石像躺卧在园子旁边的皇家陵墓前。细细地思考事物的真理，发现人生必须“及时行乐”，哪需要虚幻的名利来束缚自己呢？

曲江　其二

杜甫

朝回日日典春衣①，每日江头尽醉归。
酒债寻常行处有②，人生七十古来稀③。
穿花蛱蝶深深见④，点水蜻蜓款款飞⑤。
传语风光共流转⑥，暂时相赏莫相违⑦。

注释

①朝回：上朝回来。典：典当。
②酒债：欠人家的酒钱。行处：到处。
③稀：罕见。
④蛱蝶：蝴蝶。深深：花丛的深处。
⑤款款：形容优美的姿态。
⑥传语：传给别人一段话，即寄语他人。流转：流动、转变，这里指变化。

⑦相赏：一起欣赏风光美景。

诗歌大意

上朝回来了，我经常要把春衣典当来换钱，每日在曲江头喝得大醉才回家。这个时世，欠人家酒钱是很平常的事，债主到处都是，但人能活到七十岁，自古以来便非常罕见。蝴蝶穿插飞舞在花丛的深处，点水蜻蜓飞舞的姿态十分优美。我跟你说，美丽的风景和时光都会随时变化，我们现在暂且一起欣赏美丽的风光吧，不要辜负了眼前的美景啊。

短析

杜甫这两首《曲江》，大约是写于唐肃宗朝，这一时期，唐朝刚经历安史之乱。在玄宗时代，人们相信唐朝是个空前繁荣的朝代，但突然而来的动乱让人们的心情一下子都转变了，繁华转眼变成残败，让人强烈地感到世事无常。这两首《曲江》便是如此。第一首写了许多美丽的景物，但诗人心情非常忧郁，因此他眼中的飞花带着愁绪，他喝酒度日，最后大谈及时行乐；第二首正好相反，诗人说自己整天借酒消愁，又说世事变化太快，所以请朋友一起欣赏美景，得快乐时且快乐。两首诗一正一反，同样表达了“世事多变”以及“美景短暂”的感慨。这是安史之乱后敏感的诗人们的普遍心情。

这两首诗都写得非常优美，“一片花飞减却春，风飘万点正愁人”“穿花蛱蝶深深见，点水蜻蜓款款飞”，都受到历代诗人们的高度赞赏。

黄鹤楼[①]

崔颢[②]

昔人已乘黄鹤去[③]，此地空余黄鹤楼。
黄鹤一去不复返，白云千载空悠悠。
晴川历历汉阳树[④]，芳草萋萋鹦鹉洲[⑤]。
日暮乡关何处是[⑥]，烟波江上使人愁。

注释

①黄鹤楼：位于今湖北省武汉市。详见李白《题北榭碑》注。

②崔颢：生年不详，卒于公元754年，唐代汴州（今属河南）人。他是唐玄宗开元十一年（723）进士，是当时著名的诗人。

③昔人：以前的人，这里指乘黄鹤升仙的王子安。

④晴川：河川很晴朗。历历：清晰分明。汉阳：今湖北武汉市汉阳区。

⑤萋萋：茂盛。鹦鹉洲：汉阳附近的小洲，在长江之中，现在已经被水淹没。

⑥乡关：故乡。

诗歌大意

以前的人已经乘坐黄鹤飞去了，这个地方只留下了黄鹤楼。黄鹤和仙人飞走了便不再回来，一千年来飘着白云的天空广阔无边际。河川很晴朗，可以清楚地看到汉阳的树木，鹦鹉洲上的花草树木长得很茂盛。日落了，哪里是我的故乡？泛着烟波的江河使人心里发愁啊。

短析

崔颢的《黄鹤楼》写得非常出色，并产生了一个有趣的故事。据说有一天，李白登上黄鹤楼，看见风景如画，打算赋诗一首，但看见崔颢题在墙壁上的《黄鹤楼》后，非常欣赏，因此停笔作罢，后来他还模仿《黄鹤楼》而写了一首《鹦鹉洲》。宋代的诗评家严羽，甚至说唐代的七言律诗，以崔颢的《黄鹤楼》为第一。

旅怀①

崔涂②

水流花谢两无情，送尽东风过楚城③。
蝴蝶梦中家万里④，杜鹃枝上月三更⑤。
故园书动经年绝⑥，华发春催两鬓生⑦。

自是不归归便得[⑧]，五湖烟景有谁争[⑨]。

注释

①此诗又作《春夕旅梦》《春夕旅怀》等。旅怀：即旅行中的心情。

②崔涂：字礼山，唐代桐庐富春（今属浙江）人，唐僖宗光启四年（888）进士，一生的大部分时间飘泊在巴蜀（今四川），诗歌常有飘零、孤独的情调。

③楚城：战国时的楚国地区，即今湖南、湖北一带。

④蝴蝶梦：这里指《庄子·齐物论》中的感慨，庄子分不清到底是自己梦到蝴蝶，还是自己的人生是蝴蝶的一个梦。

⑤杜鹃：杜鹃鸟。详见王令《送春》注。

⑥书：书信。动：每每、动辄。经年：常年。绝：断绝，这里指收不到家乡的信件。

⑦华发：花白的头发。催：催促。

⑧自是：本来。归便得：要回去就能回去。

⑨五湖：即滆湖、洮湖、村湖、贵湖、太湖，它们都位于今江苏一带。传说吴越争霸，范蠡帮助越王勾践打败吴国后，便泛舟五湖，归隐而去。

诗歌大意

水流走了不再回来，花朵凋谢了不再重开，两者都是无情之物。把春天的东风送走后，我来到战国时的楚地。我做了一个梦，如庄子梦见蝴蝶一样分不清现实和虚幻，梦里我见到万里之外的家园。夜半时分，月亮高高地挂在栖息着杜鹃鸟的树枝上。一年来，故乡的书信每每断绝，春天催促着鬓角，长出了花白的头发。我本来就不打算回家，如果我要回去，随时都可以回去，五湖上的烟波风景，没有人会与我争夺。

短析

这首诗讲述了诗人的思乡之情，心情逶迤周折。诗人身处异乡，所以看到的景物例如流水与落花，都显得特别无情；他睡着了，梦到自己的家乡，分不清是现实还是梦境；还有经常断绝的书信与日渐花白的头发，都在说明他身在异乡很久了，非常想回去，然而，他嘴巴却说着反话。诗歌最后两句说自己不是不能回去，是自己不想回去，这种逞强的口吻更让我们感受到诗人的那份无奈。

答李儋[1]

韦应物

去年花里逢君别[2]，今日花开又一年。
世事茫茫难自料[3]，春愁黯黯独成眠[4]。

身多疾病思田里[⑤]，邑有流亡愧俸钱[⑥]。
闻道欲来相问讯[⑦]，西楼望月几回圆[⑧]。

注释

①《全唐诗》中，此诗题作《寄李儋元锡》。李儋：字元锡，是韦应物的好朋友。

②逢君别：与你相逢，又再分别。

③料：猜测。

④黯黯：心情暗淡。

⑤田里：乡间或野外，这里有归隐的意思。

⑥邑：城镇。流亡：流离失所的人。俸钱：做官的薪俸，写这首诗时，韦应物为苏州刺史。

⑦闻道：听说。问讯：问候、探访。

⑧西楼：即苏州的观风楼。

诗歌大意

去年，我与你在开花的季节相逢，后来分别了，今年的花朵又再度盛开，又一年了。世间的事情茫无头绪，难于猜测，春天勾起愁怀让人心情暗淡，难以入睡。我满身都是病痛，想归隐田园。我所管理的城镇中有许多流离失所的人，感到愧对朝廷发给我的薪俸。听说你想来这里探望我，我在西楼等候着，在这过程中已经看过许多次的月圆了。

短析

这是一首赠送给朋友的诗歌，写得非常真挚。从花开相逢，到下一年的花开，从自己站在西楼等候，到在等待中度过的一次又一次的月圆之夜，都充满着盼望。诗歌并没有用直接与间接的方法赞美朋友，而是讲述自己的心情与近况，诗人说自己满身病痛，说世事茫茫，说自己管理的地方有许多流离失所的人，说想归隐，这些都是诗人想与朋友分享的事，真挚的朋友之间不正是可以分享生活与心情吗？因此这首诗并不是那些应酬的作品，而是真正的朋友之间的赠诗。

江村①

杜甫

清江一曲抱村流②，长夏江村事事幽。
自去自来梁上燕，相亲相近水中鸥。
老妻画纸为棋局，稚子敲针作钓钩。
多病所须惟药物③，微躯此外更何求④。

注释

①江村：公元760年，杜甫到四川，住在四川成都浣花溪畔的草堂。

②一曲：曲折。抱：环绕。

③惟：只是。

④微躯：微小的身躯，代指诗人自己。

诗歌大意

一条清澈的江水，曲折地环绕着村庄，漫长的夏日中，江边村庄没有什么大事，十分清幽。屋梁上的燕子自由地来来去去，江水中的海鸥相亲相爱、互相亲近。陪伴我多年的妻子在纸上画上棋局，年幼的孩子敲针制成钓鱼的钩。多病的我所需要的不过是药物，这微小的身躯除此之外别无他求。

短析

在四川成都，杜甫在浣花溪畔筑起了草堂，居住在这里。这儿有小溪流水，环境非常清静，又有燕子与鸥鸟，杜甫在这首诗中描写了和谐美好的家庭生活：妻子在纸上画棋局，孩子制作鱼钩。杜甫一生颠沛流离，又经历安史之乱，相比之下，这是他一生中最为悠闲快乐的时光。

夏日[1]

张耒[2]

长夏江村风日清，檐牙燕雀已生成[3]。

蝶衣晒粉花枝舞[4]，蛛网添丝屋角晴。
落落疏帘邀月影[5]，嘈嘈虚枕纳溪声[6]。
久斑两鬓如霜雪[7]，直欲樵渔过此生[8]。

注释

①张耒《夏日》诗共三首，这是第一首。

②张耒（1054—1114）：字文潜，号柯山，北宋淮阴（今属江苏）人。他与苏轼关系友好，是“苏门四学士”之一，诗歌风格平易而优美。

③檐牙：呈牙齿形状的屋檐。

④蝶衣：蝴蝶的翅膀。晒：晾晒。

⑤落落：形容帘幕的格子较稀疏。

⑥嘈嘈：形容流水的声音。虚枕：空心的枕头。

⑦久斑：斑白了许久。

⑧直欲：真是希望。樵渔：砍柴和捕鱼，这里有归隐的意思。

诗歌大意

漫长的夏日，江边的村庄风和日丽，呈牙齿形状的屋檐下，小燕子已经长大了。中午时分，蝴蝶在花枝间晾晒着美丽的翅膀；晴朗的屋角内，蜘蛛为它所结的网添加丝线。帘幕格子疏疏落落，邀来了月影，空心的枕头里容纳着嘈嘈作响的溪声。两边的鬓角斑白了许久，好像霜雪一样，我真的希望去砍柴和捕鱼，隐居度过此生。

短析

这首诗看起来流畅自然，但实际上是很精巧的。比如说“蝶衣晒粉”，诗人想象蝴蝶穿着衣服，又把它的飞行比喻作晾晒翅粉，虽用短短四字表示，但非常形象。又例如蜘蛛结网，一般来说都使人感觉阴暗，但诗人用“晴”字，便使整个画面都明亮起来。

辋川积雨①

王维

积雨空林烟火迟②，蒸藜炊黍饷东菑③。
漠漠水田飞白鹭④，阴阴夏木啭黄鹂⑤。
山中习静观朝槿⑥，松下清斋折露葵⑦。
野老与人争席罢⑧，海鸥何事更相疑⑨。

注释

①《全唐诗》中，此诗题为《积雨辋川庄作》。辋川：河名，在今陕西省终南山下。王维在这里建了一所别墅，并住了三十年。积雨：久雨。

②烟火迟：火起得很慢。

③藜：一种野菜。炊：煮。黍：一种米。饷：送饭。菑：耕地。

④漠漠：形容水田广阔的样子。

⑤阴阴：形容树木有很浓的树荫。啭：鸟叫婉转动听。

⑥习静：惯于宁静。朝槿：早上的槿花，槿花早上开花，晚上便凋谢。

⑦清斋：斋戒吃素。葵：葵菜。

⑧野老：村野老人，这里指诗人自己。争席：争座位，出自《庄子》，指人不明白大道时，会很注重外在的东西，如身份，因此会让座给有身份地位的人，但明白大道时，所有人都是同等的，也不会被外在的东西影响，想坐下便坐下，便不会去争座位。这里诗人应使用字面意思，离开席位，不与人争。

⑨海鸥：出自《列子》，说有一个人没有机心，海鸥很喜欢亲近他，有一天他的父亲要他去捉海鸥，他一到海边，海鸥感到他有了机心，便不再靠近他。

诗歌大意

雨下了很久，因为林子太潮湿，火起得很慢，煮好了藜菜与黍米，把饭送到东边的耕地。广阔的水田飞着许多白鹭鸟，树荫浓浓的夏天树木间，黄莺鸟叫声婉转动听。我在山中习惯于宁静，观看那早上开放、晚上凋谢的槿花，也在松树下斋戒吃素，采摘仍带着露水的葵菜。我这个村野老人离开席位，不与人争，敏锐的海鸥还会因何事对我起疑心？

短析

王维晚年好佛，他的诗歌充满宁静、空灵。这首诗歌讲述了他居住在辋川的生活，仿佛修行一样，煮饭、斋戒、观花，显得简朴又宁静，诗的最后两句更提及离开官场后的心情。这首诗中的第三、四句是最精彩的地方，它与唐朝李嘉祐的诗句“水田飞白鹭，夏木啭黄鹂”几乎相同，不过，王维加上了“漠漠”与“阴阴”，诗句的境界顿时开阔了许多。

新竹

陆游[1]

插棘编篱谨护持[2]，养成寒碧映涟漪[3]。
清风掠地秋先到，赤日行天午不知。
解箨时闻声簌簌[4]，放梢初见影离离[5]。
归闲我欲频来此[6]，枕簟仍教到处随[7]。

注释

①陆游（1125—1210）：字务观，号放翁，南宋山阴(今属浙江)人。陆游的诗歌接近一万首，风格多样，是“中兴四大诗人”之一。他一生主张抗金，写下很多有气节的诗歌，还有很多情感细腻的作品。一说此诗的作者为黄庭坚。

②插棘：插上荆棘以保护篱笆。谨：小心。护持：保护。

③寒碧：清凉的碧玉，这里用来比喻竹子的清凉。

④箨：竹笋的壳。簌簌：形容脱去笋壳的声音。

⑤放梢：长出枝条树梢。离离：形容竹树影子交错的样子。

⑥频：经常。

⑦簟：席子。

诗歌大意

我编造篱笆、在地上插上荆棘，小心地保护竹子，把它们培养得如玉般清凉，绿色映照水中的涟漪。清风拂过地面，秋天的气息首先到来，红红的太阳在天上行走，不知不觉已经到了中午。脱去笋壳时常听到簌簌的声音，竹树生长时便见到离离交错的影子。我退归闲暇，真的希望常来这里，枕头和席子还要随身携带呢。

短析

诗歌写秋天倒映在水中的竹子，还有秋风，以及剥竹笋的沙沙声，诗歌既清凉，又有声有画。最可爱的是诗人要随身携带枕头与席子，以便随时在这里躺下休息，在如此清幽的地方，真会让人忘记所有烦恼。

表兄话旧[①]

窦叔向[②]

夜合花开香满庭[③]，夜深微雨醉初醒。
远书珍重何由达，旧事凄凉不可听。
去日儿童皆长大，昔年亲友半凋零。
明朝又是孤舟别[④]，愁见河桥酒幔青[⑤]。

注释

①《全唐诗》中，此诗题为《夏夜宿表兄话旧》。话旧：谈论以前的事情。

②窦叔向：字遗直，唐代扶风（今属陕西）人，官至左拾遗、工部尚书，是当时很有名望的诗人，现在只留存九首诗。

③夜合花：合欢，花朵白天开放，夜晚合上。

④孤舟别：乘着孤舟离开。

⑤酒幔：酒馆的旗子。

诗歌大意

合欢花在夜间盛开，花香弥漫庭园，夜深了，天空下着微雨，我酒醉刚刚醒来。珍贵的家书，不知怎样才能寄到家人的手中，旧事非常凄凉，我不忍心再听下去。旧日的儿童都长大了，旧时的亲友有一半都已故去。明日又是一个坐孤舟离去、分别的日子，我忧愁地看着河桥上青色的酒旗。

短析

这首诗写诗人与表兄聊天，这应该是一个短暂的会面。他们谈话的内容充满愁绪，诗人与他的家人难于通信，表兄带来了他们的近况，竟然是“旧事凄凉不可听”，那种“凄凉”应该是“生离死别”吧。小孩子日渐长大，昔日亲友相继去世，身处远方的诗人不在家人身边，日渐老去，这些变化让他非常感慨，更甚者，带来讯息的表兄明天也将要离去。

偶成①

程颢

闲来无事不从容，睡觉东窗日已红②。

万物静观皆自得[3]，四时佳兴与人同[4]。
道通天地有形外[5]，思入风云变态中[6]。
富贵不淫贫贱乐[7]，男儿到此是豪雄。

注释

①程颢诗集中，此诗题作《秋日偶成》。

②睡觉：睡醒。

③静观：冷静地观察。自得：心有所会。

④佳兴：美好的感受。

⑤道：世界运转的原理。有形外：有形外即超越物质的存在，出自《易·系辞上》“形而上者谓之道，形而下者谓之器”。形，物质。

⑥思：人的思想、思考。变态：形态变化。

⑦此句出自《孟子·滕文公下》“富贵不能淫，贫贱不能移，威武不能屈，此之谓大丈夫”，以及《论语·雍也》“一箪食，一瓢饮，在陋巷，人不堪其忧，回也不改其乐”。淫，奢侈放纵。

诗歌大意

安闲的时候，事事都很从容，睡醒时东边窗户外的太阳已经升起来了。冷静地观察万物，都心有所会，一年四季中的美好感受，都与人相同。世界运转的大道真理贯彻天地，超越物质的存在，人的思想深入风云的形态变化当中。人身处富贵，不能奢侈放纵，身处贫贱，也能乐天知命，男子汉能做到这样，便是豪杰了。

短析

程颢是北宋大儒，他的诗歌大部分都很简易自然，但也有一部分加入了理学的元素，把道理写在诗中，这首诗就是一个例子。以理入诗，最明显的是把一些术语和抽象观念运用在诗歌里，譬如第三句的“万物静观”、第五句的“道通天地有形外”等，如果我们不了解这些术语背后的意思，便很难解读诗歌。此外，使用术语和抽象观念，很多时候会使诗歌变得像论说文一样“没有味道”。

游月陂①

程颢

月陂堤上四徘徊②，北有中天百尺台③。
万物已随秋气改④，一樽聊为晚凉开⑤。
水心云影闲相照⑥，林下泉声静自来。
世事无端何足计⑦，但逢佳节约重陪⑧。

注释

①月陂：陂名。陂，水岸。

②四徘徊：四处走动。

③中天：在天空之中。

④改：改变，这里有凋零的意思。

⑤聊：姑且。

⑥水心：水的中央。

⑦无端：无常。

⑧重陪：再次相聚。

诗歌大意

我在月陂的堤岸上四处走动，在它北边的天空中，有一座百尺高的楼台。天地万物已随着秋天的气息而凋零，为了这充满凉意的秋夜，我姑且打开一樽美酒。云的影子悠闲地倒映在水的中央，泉水的声音从树林下幽静地传来。世事无常，不值得去认真计较，只是每逢佳节，亲友要相约一起欢聚。

短析

相比上一首《偶成》，这首诗更具“诗意”。我们可以对比一下，《偶成》里有很多术语和抽象观念，而这首诗却是一幅又一幅的画面。诗人在月陂上走动、云影与水互相映照……我们从画面中感悟“世事无常”，而不是一遍又一遍地分析、说理，这就是诗歌的其中一项特质。

秋兴　其一①

杜甫

玉露凋伤枫树林②，巫山巫峡气萧森③。
江间波浪兼天涌④，塞上风云接地阴⑤。
丛菊两开他日泪⑥，孤舟一系故园心⑦。
寒衣处处催刀尺⑧，白帝城高急暮砧⑨。

注释

①秋兴：因秋天而兴起一些想法与情怀。杜甫《秋兴》诗共八首。

②玉露：露水。凋伤：使树木凋零受伤。

③巫山巫峡：位于今四川省巫山县，详见晏殊《寓意》诗注。

④兼天涌：连天涌起。

⑤塞上：边塞。地阴：地上的阴沉之气。

⑥两开：两次盛开，代表两年。杜甫离开成都，经过巫峡，想回故乡，不料滞留在此。他日泪：想到往事而落泪。

⑦一系：永系。

⑧催刀尺：催促着刀尺赶制冬衣。

⑨白帝城：位于四川省奉节城东面，靠近巫峡。砧：捣衣的声音。

诗歌大意

秋天的露水使枫树凋零衰败，巫山与巫峡的气象萧条阴森。江水的波浪连天涌起，边塞的风云连接地上的阴沉之气。滞留在巫峡已经很久了，我已看过两次菊花盛开，想起以前的事情，不禁落下泪来，我身如孤舟，心里仍牵念着以往的家园。天气已经寒冷了，到处都催促刀尺赶制冬衣，日落时分，高高的白帝城上，传来急促的捣衣声。

短析

杜甫因为上书救助当时的宰相房琯，而被皇帝贬谪，在流寓之中滞留夔州，写下了著名的《秋兴》八首。这八首诗歌有着同一个脉络，就是“身在夔州，心在京城”。《秋兴》的第一首是组诗的序幕，诗歌写了夔州附近巫山巫峡的景物，风景非常萧条，那凄冷其实正是诗人心中的感受，他想离去，怎奈滞留，看到了两次菊花盛开。这首诗最重要的一句，莫过于“孤舟一系故园心”，这故园是他的家园，也是京城长安。

秋兴 其三

杜甫

千家山郭静朝晖①，日日江楼坐翠微②。
信宿渔人还泛泛③，清秋燕子故飞飞④。
匡衡抗疏功名薄⑤，刘向传经心事违⑥。
同学少年多不贱⑦，五陵裘马自轻肥⑧。

注释

①郭：城墙，或指外城。

②翠微：山色青翠清微。

③信宿：留宿两夜。泛泛：形容渔船飘荡。

④故：依然、继续。

⑤匡衡抗疏：匡衡，汉朝人，官至光禄大夫，大子少傅。抗疏，上书。这里指匡衡多次上书给汉元帝，议论政事。功名薄：诗人慨叹自己也同样上书皇帝，结果却遭贬。

⑥刘向传经：刘向，汉朝人。传经，讲授经学。这里指刘向在汉宣帝、成帝时奉命讲授《谷梁传》《诗经》《尚书》《礼》《乐》等儒家经书。心事违：诗人慨叹自己不能如刘向一样传经讲道。

⑦不贱：不贫贱，即地位显贵。

⑧五陵：汉代五座皇家陵墓（长陵、安陵、阳陵、茂

陵、平陵），很多皇亲贵戚都住在五陵附近。轻肥：即轻暖的衣裘和肥硕的马儿。

诗歌大意

山城上千家万户，静静地身处晨晖之中。我每天坐在江楼，面对青翠清微的山色。渔人在飘荡的船上留宿两夜，清秋的燕子继续飞翔。匡衡多次上书给汉元帝，他的功绩显赫，而我却不能如他一样获得功名，刘向多次讲授儒家经书，这也是我的心愿，但我却不能如他一样发挥所长。我年少时的同学朋友，已经飞黄腾达，他们住在权贵之地，穿着轻暖的衣裘，骑着肥硕的马儿。

短析

这是《秋兴》的第三首，前四句都写夔州的景象，这地方似乎很美丽，不过，诗人的心不在此地，而在京城、在朝廷，他希望建功立业，传道救国。诗人提到了汉代的匡衡与刘向，一个多次上书皇帝，一个讲授儒家经典，诗人都做过类似的事，不过他的命运与此二人截然相反，匡、刘二人受到重用而诗人却遭贬谪，所以他感到“功名薄”“心事违”，更甚者，诗人年少时的朋友都已经飞黄腾达，而自己却滞留夔州。

秋兴　其五

杜甫

蓬莱宫阙对南山①，承露金茎霄汉间②。
西望瑶池降王母③，东来紫气满函关④。
云移雉尾开宫扇⑤，日绕龙鳞识圣颜⑥。
一卧沧江惊岁晚⑦，几回青琐点朝班⑧。

注释

①蓬莱：传说中的仙山，唐高宗朝的大明宫，改名为蓬莱宫。南山：长安终南山。

②承露金茎：汉武帝时用来承接天露的金茎盘子，详见王建《宫词》注。

③瑶池：传说王母住西面的昆仑山，上面有瑶池。

④函关：即今河南省的函谷关，传说老子西游函谷关，有祥瑞的紫气东来。

⑤雉尾：一种野鸡尾巴的羽毛，色彩艳丽，可用作扇子。

⑥龙鳞：皇帝龙袍上的图案，有日出、金龙等。

⑦沧江：江水，或指长江。

⑧青琐：宫门上的装饰。详见贾至《早朝大明宫》诗注。点朝班：上朝时依次点名入班。

诗歌大意

如仙景一样的大明宫面对着终南山，皇宫中的仙人铜像手持金茎承露盘，高高地站在天际。遥望西边是昆仑山瑶池，仿佛看见王母娘娘徐徐下凡，紫气东来，布满了整个函谷关。雉鸟的尾巴像云一样展开，宫廷的羽扇打开了，太阳的云气围绕着金龙，识记着圣上的容颜。我躺卧在沧江中，惊觉已年近岁晚，在我滞留夔州这段时间里，朝廷已经点过多少次朝班呢！

短析

这是《秋兴》的第五首，前四首诗人写自己在夔州时的心情，这一首开始写京城长安。诗人想象长安皇宫的景象，大明宫的华丽与高贵，想念自己以往在皇宫里上朝的日子，但这些都已经过去，如梦一样消散。他“一卧沧江惊岁晚”，原来自己正身在夔州的江边。

秋兴　其七

杜甫

昆明池水汉时功[①]，武帝旌旗在眼中。
织女机丝虚夜月[②]，石鲸鳞甲动秋风[③]。
波飘菰米沉云黑[④]，露冷莲房坠粉红[⑤]。
关塞极天惟鸟道[⑥]，江湖满地一渔翁[⑦]。

注释

①昆明池：汉武帝在宫内建造水池，用以排练战船，增强水军力量。

②织女机丝：这里指织女用织布机纺织。昆明池旁边有牛郎、织女的雕像。虚：虚度。

③石鲸：昆明池旁边有鲸鱼的玉石雕像。

④菰米：即茭白的果实。

⑤坠粉红：粉红色的荷花花瓣坠下。

⑥关塞：险隘关口。极天：最高的天际，形容极高。惟鸟道：只有鸟儿可以通过的道路。

⑦江湖满地：形容在江湖上四处漂泊。

诗歌大意

看到长安昆明池，便想到了汉朝伟大帝国的功绩，汉武帝的旌旗如在眼前展扬。池边的织女在清虚的月夜下弄机织布，石鲸鱼的鳞甲摆动着秋风。菰米漂在水波上，像黑云一样沉重阴暗，莲蓬在寒冷的露水当中，粉红色的荷花花瓣不胜清寒而坠下。险隘关口的小路在极高处，只有鸟儿可以通过，而我好似一个在江湖上四处漂泊的渔翁。

短析

这是《秋兴》的第七首，诗人继续怀念京城长安。

第五首以正面的赞美说明长安的美好，这一首则以悲伤的情调写出怀念。诗人在前四句中以汉朝这个伟大的帝国比喻长安，又描写昆明池畔的景物；到第五句，他开始用伤感的语气进行描写，“波飘菰米沉云黑，露冷莲房坠粉红”，两句都是诗人的想象，黑与冷是诗人的情绪，因为不能回去，所以感到阴沉与冰冷；而第七句中，“极高的鸟道”象征诗人回长安之路非常艰难；最后一句则是诗人的自我感觉：天大地大，自己只是一个小小的渔翁，四处漂泊。

月夜舟中

戴复古

满船明月浸虚空[1]，绿水无痕夜气冲[2]。
诗思浮沉樯影里[3]，梦魂摇曳橹声中[4]。
星辰冷落碧潭水，鸿雁悲鸣红蓼风[5]。
数点渔灯依古岸，断桥垂露滴梧桐。

注释

①浸：笼罩。虚空：天空。

②冲：冲漠，即虚寂恬静的意思。

③樯：船的桅杆。

④橹：船桨。

⑤红蓼：长于水边的红色蓼花。

诗歌大意

满船都是月色，月光笼罩着沉静的夜空，苍绿的江水没有波痕，夜色虚寂恬静。诗歌的灵思随着船桅的影子浮浮沉沉；梦中的灵魂连着船桨的声音摇摇曳曳。碧绿的潭水中，星辰清冷寥落；红蓼花绽放在风中，鸿雁悲鸣。几点渔灯依傍在古老的岸边，苍凉梧桐的点点露水悄然滴垂于断桥之上。

短析

这是一首有关秋天悲愁的诗歌。诗人没有写出那些让他悲哀的事情，或许根本没有发生那些事，或许是秋天清冷叶落的气氛使人产生了一种纯粹的悲伤感受，我们把这种感受叫作“伤春悲秋”。日出让人充满希望，日落让人感到无奈，春天的到来让人喜悦，秋天让人莫名伤感，这些都是外界环境变化对人的影响，而诗人的感受更是特别敏锐。

长安秋望[①]

赵嘏

云物凄凉拂曙流[②]，汉家宫阙动高秋[③]。

残星几点雁横塞[4]，长笛一声人倚楼。
紫艳半开篱菊静，红衣落尽渚莲愁[5]。
鲈鱼正美不归去[6]，空戴南冠学楚囚[7]。

注释

①此诗又作《长安秋夕》或《长安秋晚》。秋望：在秋天眺望远方。

②云物：云团、云雾。拂曙：即“拂晓”，天刚亮。流：天亮了，光线在流动、延伸。

③动高秋：触动了高远的秋色。

④横塞：飞过塞外。

⑤红衣：指莲花的花瓣。渚：水中的小块陆地。

⑥鲈鱼正美：用张翰的典故。西晋时，张翰在洛阳做官，在一个秋天想起了家乡的鲈鱼莼羹，便辞官归去。美：肥美。

⑦南冠：南国的冠冕，代指被拘留的人。楚囚：被囚的楚国人。春秋时，楚国人钟仪被郑国俘虏，献给晋国，晋公问“这个戴着南冠的人是谁”，有司回答是“楚囚”。

诗歌大意

天刚亮，光线在流动，云雾十分凄清寒冷，汉家的宫殿触动了高远的秋色。天上有几点零落的星星，雁儿飞过塞外，一声长笛吹来，我独自倚着城楼。篱笆上的菊花非常寂静，正半开着紫色的艳丽花朵；水渚中的莲花笼罩着愁绪，红色的花瓣全部凋零。家乡的鲈鱼正是肥美的时候，但我不能归去，我只能戴着南冠，如楚囚一样羁留在外。

短析

这一首《长安秋望》，也是在“悲秋”，然而诗人不只悲秋，他还联系了自己的处境：流落在外，不能像西晋的张翰一样归隐。这首诗写得很精彩，尤其是诗人在几点星光的天际，倚着高楼的形象，就如画一样，诗句“残星几点雁横塞，长笛一声人倚楼”，被时人传颂，诗人更因此被称为“赵倚楼”。

新秋[①]

杜甫

火云犹未敛奇峰[②]，欹枕初惊一叶风[③]。
几处园林萧瑟里，谁家砧杵寂寥中[④]。
蝉声断续悲残月，萤焰高低照暮空[⑤]。
赋就金门期再献[⑥]，夜深搔首叹飞蓬[⑦]。

注释

①现今通行的杜甫诗集中并未见这首诗。

②火云：火红的云彩或火烧云。敛：遮掩。

③欹枕：斜倚着枕头。

④砧：捣衣石。杵：捣衣棒。

⑤萤焰：萤火虫的光芒。

⑥金门：汉代的金马门。汉代的优秀人才在金马门，等待被皇帝召见。期：期望。献：把诗赋献给朝廷，期望被重用。

⑦搔首：抓头。飞蓬：飞乱的蓬草，这里喻指自己漂泊的身世。

诗歌大意

火红的云彩仍未遮掩住山峰，我斜倚着枕头，突然一片叶子被风吹落，我惊讶了一下。几处园林都呈现萧瑟的景象，寂静无声里，一下一下的捣衣声不知从谁家传来。蝉声断断续续，对着残月悲鸣，萤火高高低低，照着落日的天空。我要把诗赋献给朝廷，期望能像汉代金马门人才一样被重用。然而现在夜深人静，我却心绪烦乱，只能抓头，慨叹如飞蓬一样流转不定的人生。

短析

杜甫是一个充满儒家济世情怀的诗人，他很期待得到朝廷的重用，如古人一样为国家做一番事业，他的很多诗歌都讲述了这种志向。不过，能得到朝廷重用的机会其实不多，因此经常出现怀才不遇的伤感，这一首诗就是一个例子。诗歌的很多意象都传递着伤感的情调，比如萧瑟的园子、捣衣声、蝉声、日落的萤火、飞蓬等，都有孤单、短暂的特征，因此配合起来有一种加强渲染的效果。

中秋

李朴[①]

皓魄当空宝镜升[②]，云间仙籁寂无声[③]。
平分秋色一轮满[④]，长伴云衢千里明[⑤]。
狡兔空从弦外落[⑥]，妖蟆休向眼前生[⑦]。
灵槎拟约同携手[⑧]，更待银河彻底清[⑨]。

注释

①李朴（1063—1127）：字先之，人称章贡先生，北宋兴国（今属江西）人。李朴官至国子监教授、秘书监，正直敢言。李家一门七进士，为书香门第。一说这首诗的作者为季朴。

②皓魄：白色的月光，即月亮。月光初生或将灭称为"魄"。

③仙籁：美妙的声音。

④平分秋色：平分秋天的日数，即八月十五。一轮满：一轮满满的明月。

⑤衢：道路。

⑥狡兔：相传月亮上有玉兔。弦：月亮有上弦月、下弦月，这里的弦指月亮的边缘。

⑦妖蟆：相传月亮上有蛤蟆，即蟾蜍，会食月，使月亮出现缺口。

⑧灵槎：天上的木筏。相传海与天河相通，人可以乘槎到天上的银河去。

⑨更待：还是要等待。

诗歌大意

月亮冉冉上升，如宝镜一样悬挂在天空。在寂静无声的云间，忽然传来美妙的声音。八月十五了，天上的一轮明月把秋天的日子平分，它陪伴着云路，光耀千里。在这个月明团圆的日子，狡黠的玉兔只好从月亮的边缘滑下来，吃月的妖蟆休想在眼前出现。我想约你携手乘坐木筏，从人间到天上，可是，还是要等待银河彻彻底底变得清明。

短析

这首诗歌中，诗人说了很多次月亮，但运用了不同的字词。有月亮的别名，如“皓魄”；有把月亮比喻作其他东西，如“宝镜”“弦”；有月亮的形态和特征，如“一轮满”；有月亮的传说，如“狡兔”“妖蟆”，这些不同的代称及比喻，其作用是即使月亮这一意象重复出现，也不会令读者感到烦琐。此外，最后一句的“更待银河彻底清”很有意思，这一句代表着——其实银河现在并不清明——银河当然没有清明或不清明的道理，会清明或不清明的只有人间。

九日蓝田会饮①

杜甫

老去悲秋强自宽②，兴来今日尽君欢。
羞将短发还吹帽③，笑倩旁人为正冠④。
蓝水远从千涧落⑤，玉山高并两峰寒⑥。
明年此会知谁健，醉把茱萸仔细看⑦。

注释

①此诗又作《九日蓝田崔氏庄》。九日：九月九日重阳节。蓝田：即今陕西省蓝田县。

②强：勉强。自宽：自我安慰、自我开解。

③吹帽：这里有一个典故，东晋的孟嘉在重阳节与人游山饮宴，帽子被风吹落都不知道，大将军桓温命人写文章嘲笑他，他谈笑自若，面不改色。

④倩：请求。正冠：把帽子整理好。

⑤蓝水：蓝田附近的一条河流。

⑥玉山：蓝田境内的一座山。两峰：玉山与附近的另一座山峰。

⑦茱萸：重阳节佩戴的花朵。

诗歌大意

人老了，到了秋天时节感到悲伤，只能勉强地自我开解，今日兴致来了，与你饮酒游玩尽情欢乐。我只有那短短的头发，还要学孟嘉被风吹走帽子，真有点羞愧，于是笑请旁人替我把帽子整理好。我远远看见蓝水河的流水，从千涧之处落下来，玉山很高，与另一座山并排矗立，两山清寒。明年这个时候，不知谁还健在？我带着醉意，仔仔细细地观看开在重阳节里的茱萸花。

短析

概叹时间流逝、年华老去、相聚短暂的诗歌非常之多，这是诗歌的永恒主题。赵嘏的《江楼有感》有“同来玩月人何在”，这首诗有“明年此会知谁健”，前一句讲以前的人现在不知在哪里，后一句讲现在的人明年不知会不会仍在，两诗异曲同工，句法亦很相似，不过，这首诗却有“及时行乐”的味道。

秋思

陆游

利欲驱人万火牛[①]，江湖浪迹一沙鸥。
日长似岁闲方觉[②]，事大如天醉亦休。
砧杵敲残深巷月，梧桐摇落故园秋。
欲舒老眼无高处[③]，安得元龙百尺楼[④]。

注释

①利欲：名利与欲望。火牛：战国时，齐燕交战，齐国将领田单以火牛助战，牛角绑上利刃，牛尾拖着火把，驱牛冲向敌人，大败燕国。

②方：才。觉：发觉。

③舒：舒展，这里是登高望远的意思。

④元龙：即陈登，字元龙，三国时魏人。他为人高风亮节，有救世之心。百尺楼：百尺高楼。这里有一个典故：三国时，许汜说陈元龙让客人睡在床下，自己则睡在床上，不懂待客之道。刘备则说：“现在天下大乱，你却贪图安乐，去别人家

做客，这是陈元龙最鄙视的事。如果是我，不会叫你睡床下那么简单，我会叫你睡在百尺高楼的下面。”

诗歌大意

名利与欲望有如万只火牛一样驱使着人向前急行，而有的人却浪迹江湖，闲适清逸如沙鸥。闲暇的时候才发觉日子很漫长，一日如一年，就算是天大的事情，喝醉了也就算了。捣衣的砧杵把深巷的月亮都敲得残破，梧桐树把故园的秋色都摇落了。希望舒展一下眼睛，可是没有登高的地方，这儿哪会有三国清士陈元龙的百尺高楼？

短析

这首诗的亮点，莫过于第一句“利欲驱人万火牛”，诗人用横冲直撞、摧毁燕国大军的火牛来描写人的名利之心和欲望，非常直接，也非常形象。另外诗人亦很细腻，第三句“日长似岁闲方觉”很有意思，当我们很忙碌的时候，时间总是过得飞快，只有在闲暇之时，才会感到时间很多，过得很慢。不过，诗歌并非一味地鼓动闲暇隐逸，最后一句的“元龙百尺楼”，代表着三国清士陈元龙的忧国忧民之心，也代表着诗人的兼济天下之心。

与朱山人[①]

杜甫

锦里先生乌角巾[②]，园收芋栗未全贫[③]。
惯看宾客儿童喜，得食阶除鸟雀驯[④]。
秋水才深四五尺，野航恰受两三人[⑤]。
白沙翠竹江村暮，相送柴门月色新。

注释

①此诗又作《南邻》。朱山人是杜甫居住在四川成都浣花草堂时的邻居。

②锦里：成都锦江附近的锦官城。乌角巾：隐士戴的黑色头巾。

③未全贫：称不上真正的贫穷，这里指朱山人安贫乐道。

④阶除：台阶。

⑤野航：野外航道里的船只。受：承受、承载。

诗歌大意

隐士锦里先生戴着黑色头巾，在园子里采收芋头和栗子，他安贫乐道，称不上真正的贫穷。儿童已经习惯了宾客络绎来访，看见他们到来，便感到欢喜，鸟儿们在台阶上找到食物，好像很温驯似的。秋天的江水才四五尺深，野外航行的船只刚好能承载两三个人。傍晚时分，江边村落的白沙与翠竹被一片暮色笼罩着，先生在刚升起的月亮下送我出柴门。

短析

这首诗描写了杜甫的邻居隐士锦里先生，但全诗直接描写他的只有一句“园收芋栗未全贫”，其他的都是描写锦里先生的居住环境、家中的小孩、小鸟等等，诗歌用这些恬静的生活，间接地告诉我们隐居生活的美好，以及锦里先生的安贫乐道。

闻笛

赵嘏

谁家吹笛画楼中，断续声随断续风。
响遏行云横碧落[①]，清和冷月到帘栊[②]。
兴来三弄有桓子[③]，赋就一篇怀马融[④]。
曲罢不知人在否，余音嘹亮尚飘空。

注释

①响遏行云：此句出自《列子》。这里指笛声嘹亮，阻挡住流动的云彩。遏，阻止、阻碍。碧落：道家称天空为碧落。

②帘：帘幕。栊：窗格。

③弄：一段乐曲。详见《答钟弱翁》注。桓子：即东晋桓伊，他善于吹笛。有一天，王徽之乘船，见他在岸上，便请他吹奏乐曲，桓伊弃车登船，吹了三段曲子。当时两人以音乐相会，没有交谈。

④马融：东汉文学家，善于吹笛，写有一篇《长笛赋》。

诗歌大意

是谁在美丽的高楼上吹笛子？那断断续续的笛声伴随着断断续续的风飘扬。笛声嘹亮，阻挡住流动的云彩，逸散在天空中，清隽愉悦，和着月色飘到帘幕和窗格间。那笛声美妙，让人想起桓伊兴之所至而吹弄的三段乐曲，也让人怀想起马融所写的《长笛赋》。乐曲吹奏完了，不知吹笛人是否仍在？那嘹亮的余音仍在空中回荡。

短析

此诗也是赵嘏的名篇，尤其是首两句“谁家吹笛画楼中，断续声随断续风”，在唐代很著名，它用简洁的语言，描绘了一声声间断的笛声，充满诗意。简单而优美的句子传诵得非常快，甚至比精雕细琢的字句更美，这说明了诗歌用字的精美和高级，并不与诗意成正比，最重要的是“有韵味”。

冬景

刘克庄

晴窗早觉爱朝曦[1]，竹外秋声渐作威[2]。
命仆安排新暖阁，呼童熨贴旧寒衣。
叶浮嫩绿酒初熟，橙切香黄蟹正肥。
蓉菊满园皆可羡[3]，赏心从此莫相违[4]。

注释

①早觉：早上醒来。曦：阳光。

②威：发威，即强烈的意思。

③蓉：木芙蓉。可羡：可爱。

④赏心：快乐。

诗歌大意

早上醒来，窗外天气晴朗，我非常喜爱这早晨的阳光，竹子外传来阵阵秋声，那声音越来越强烈，好像要发威一样。我吩咐仆人打扫整理新造的温暖楼阁，呼唤童仆把旧年的寒衣熨平。浮叶色泽鲜绿，美酒刚刚酿熟，切开橙子，又香又黄，螃蟹正是肥美。开满园的木芙蓉与菊花都十分可爱，从此以后，过着这样快乐的生活，不要辜负了如此美景。

短析

这一幅冬天的景象，让人心旷神怡，原因是诗人创造了一个光明、温暖、色彩丰富的画面。诗中的“晴窗”“朝曦”“暖阁”，这些意象既光亮又温暖，它们使读者的心情轻快愉悦，而第五、六句“叶浮嫩绿酒初熟，橙切香黄蟹正肥”，既有美酒美食、橙子的香味，又有艳丽的色泽，正是“色、香、味”俱全。

冬至①

杜甫

天时人事日相催②，冬至阳生春又来③。
刺绣五纹添弱线④，吹葭六管动飞灰⑤。
岸容待腊将舒柳⑥，山意冲寒欲放梅⑦。
云物不殊乡国异⑧，教儿且覆掌中杯⑨。

注释

①此诗又作《小至》，小至是冬至前一天。冬至：中国传统二十四节气之一，在阳历的十二月二十一、二十二或二十三日。

②天时：自然界的时序、环境变化。

③阳生：古人相信冬季的寒气到了冬至，达到最高点，冬至过后，阳气上升。

④五纹：五色线。添弱线：唐代皇宫的纺织工，根据白日的长短安排工作量，冬至过后，白日逐渐变长，便每日增加一线的工作量。

⑤吹葭六管：古代预测节令的仪器，把“葭”制成灰，放在“十二乐律”的玉管之中，因为热胀冷缩的原理，到了某一节令，灰便自动从管中飞出来。葭，芦苇内的薄膜。六管，六律、六吕合起来的十二乐律。

⑥岸容：岸边的容貌、景象。腊：十二月为腊月。舒柳：舒展柳枝，这里指柳树长出新芽。

⑦冲寒：冲破寒冷。

⑧云物：这里指景物。不殊：没有不同。乡国异：身在不同的乡土和国度，即不是诗人的家乡。

⑨覆：倾倒。

诗歌大意

自然界和人事不断推移变化，日子像被什么催促着一样过得飞快，冬至日快到了，阳气上升，春天又要到来。宫中的纺织工用五色丝线刺绣，每一天增加一线的工作量，预测节令的吹葭六管吹出冬至的飞灰。河岸的景象等待十二月的到来，柳树似乎是要长出新芽，山峰的气象已冲破寒冷，梅花正欲开放。这里的景物并没有不同，却不是我的家乡，面对这样的情境，我姑且叫儿女倒一杯酒来解忧。

短析

对古人来说，节令非常重要，不同的节令有不同的习俗，并有不同的观念。冬至是一年中寒气的最高点，过了冬至，寒气逐渐减少，春天便不远了，因为这一点，冬至一直有春天伊始的意思，是一个美好时节。诗人在诗歌当中，写了许多充满生机的事物，比如“舒柳”“放梅”，这应是快乐的，但诗人却意兴阑珊，这是由于他身在异乡。因此，诗的最后一句，诗人索性倒一杯酒，以解忧愁。

梅花[①]

林逋[②]

众芳摇落独暄妍[③]，占尽风情向小园[④]。
疏影横斜水清浅，暗香浮动月黄昏。
霜禽欲下先偷眼[⑤]，粉蝶如知合断魂[⑥]。
幸有微吟可相狎[⑦]，不须檀板共金樽[⑧]。

注释

①此诗又作《山园小梅》，共二首，这是其中一首。

②林逋（967—1028）：字君复，谥号和靖先生，北宋钱塘（今属浙江）人。他隐居在西湖旁边，终身不仕，也终身不娶，种梅花养白鹤，称“梅妻

鹤子”。他的诗歌风格清新轻巧。

③暄妍：夺目美丽。

④风情：风光与情调。

⑤霜禽：冬天的禽鸟。偷眼：偷看。

⑥如知：假如知道。合：应该。

⑦微吟：轻轻地吟咏。相狎：亲近玩赏。

⑧檀板：檀木的小板，用来打拍子，这里指音乐。

诗歌大意

其他的花朵都凋零落下，梅花却独自开放，十分夺目美丽，它把小园的风光与情调全部占据了。湖水既清且浅，梅花的影子疏疏落落，枝条交错横斜；月亮昏昏黄黄，梅花的香气幽暗隐约，在空中浮动。冬天的禽鸟想要飞下来抢先偷看，粉色的蝶儿假如知道梅花如此之美，也应该要断魂了。幸好有诗歌轻轻地吟咏，可以亲近玩赏，这样的景象，喝酒赏花也不需音乐了。

短析

在所有描写梅花的诗歌中，这首诗可以说是最著名的。当中的“疏影横斜水清浅，暗香浮动月黄昏”，是最被人推崇的两句，诗人们看到梅花便会吟咏这两句诗，王淇《梅》诗不是写到“只因误识林和靖，惹得诗人说到今”吗？ 这两句的妙处，在于诗句没有直接写梅花如何美，而是写了它的枝条和香气，也没有很高调地进行描述，而是写枝条的影子和暗香。这种低调有一种“清高”的气质，如此的影子和暗香，在清浅的水和昏黄的月下，更是“雅”了。梅花清雅，诗句也清雅，因此历来受人推崇。

自咏[①]

韩愈

一封朝奏九重天[②]，夕贬潮阳路八千[③]。
本为圣明除弊政[④]，敢将衰朽惜残年[⑤]。
云横秦岭家何在[⑥]，雪拥蓝关马不前[⑦]。
知汝远来应有意，好收吾骨瘴江边[⑧]。

注释

①《全唐诗》中，此诗题为《左迁至蓝关示侄孙湘》。左迁：即贬谪。湘：韩愈侄孙的名字。

②封：奏书。朝：上朝。奏：奏呈。九重天：指皇宫、朝廷，详见杜甫《和贾舍人早朝》。

③潮阳：即今广东省汕头市潮阳县。

④圣明：皇帝。

⑤敢：岂愿。衰朽：年老且身体衰弱。惜残年：爱惜

余下的年岁。

⑥秦岭：泛指陕西南部的山岭。

⑦蓝关：今陕西省蓝田县蓝田关。

⑧瘴江：指岭南、潮阳一带，那里多瘴气。

诗歌大意

上朝时把一本奏书呈给朝廷，晚上便被贬到八千里外的潮阳。本来希望替皇上清除不好的政事，岂愿因为自已年老、身体衰弱，爱惜余下的年岁，而不去奏请皇上。白云横亘在秦岭，何处才是我的家乡？积雪簇拥着蓝田关，马儿不能前行。我知道你远道而来应是有用意的，你应是想在这满布瘴气的地区殓收我的尸骨。

短析

唐朝佛教兴盛，僧人不用交税，因此僧团人口越来越多。元和十四年，当时正好是扶风（今陕西宝鸡）法门寺每三十年一次打开佛塔的时间，唐宪宗想把佛塔内的佛骨迎到长安，但从扶风到长安，路途遥远，这一举动也必将靡费国库金钱，因此韩愈写了《谏迎佛骨表》，上奏皇帝，反对这一行动。这就是诗歌第一句所说的“一封朝奏九重天”，然而皇帝却大为震怒，把他贬到现在的潮阳。迎佛骨的仪式很奢侈，他上奏反对也是为国家着想，本想“为圣明除弊政”，但落得被贬的下场。诗歌最后一句，说侄孙是来岭南“收吾骨”的，语气激烈，他的灰心沮丧可想而知。

干戈

王中①

干戈未定欲何之②，一事无成两鬓丝。
踪迹大纲王粲传③，情怀小样杜陵诗④。
鹡鸰音断人千里⑤，乌鹊巢寒月一枝⑥。
安得中山千日酒⑦，酩然直到太平时⑧。

注释

①王中：字积翁，生卒年不详，南宋人。

②干戈：干与戈都是兵器，指战事。未定：未停止。

③踪迹：指诗人自己的经历。大纲：大概。王粲：字仲宣，三国时代人，善于写诗，为“建安七子”之一。

④小样：略为相似。杜陵：杜甫。

⑤鹡鸰：一种鸟，又称脊令，《诗经》有“脊令在原，兄弟急难”，比喻兄弟。

⑥乌鹊：出自曹操《短歌行》“月明星稀，乌鹊南飞。绕树三匝，何枝可依”，比喻无依无靠。

⑦中山千日酒：《搜神记》记载一个故事，说一个名叫狄希的中山人，能酿千日酒，饮后能大醉千日。

⑧酩然：醉酒。

诗歌大意

战事还未停止，我不知能上哪儿去。我这辈子一事无成，岁月蹉跎，两鬓苍白。我的经历与三国王粲大概相同，情怀也与杜甫的战乱诗略为相似。我的兄弟没有音讯，人在千里之外，我无依无靠，如乌鹊住在月下寒冷的巢中。哪里会有中山人狄希的“千日酒”，让我大醉千日直至天下太平。

短析

我们不知道诗人身处的时代背景，但从诗歌的表述，可以估计他是南宋晚期的人。那时宋朝三面受敌，蒙古大举入侵，正值国破家亡的时候，因此诗人感到自已犹如一只身在寒冷巢穴的鸟儿。加上他又与兄弟隔绝，这个处境让他想到了同样经历战乱的王粲与杜甫。诗歌最后一句“酩然直到太平时”，说出了乱世人民的共同愿望。

归隐

陈抟[①]

十年踪迹走红尘[②]，回首青山入梦频[③]。
紫绶纵荣争及睡[④]，朱门虽富不如贫[⑤]。
愁闻剑戟扶危主[⑥]，闷听笙歌聒醉人[⑦]。
携取旧书归旧隐[⑧]，野花啼鸟一般春[⑨]。

注释

①陈抟：字图南，号扶摇子，生卒年不详，唐末、五代亳州（今属河南）人。他举进士不第，后来入山修道。

②红尘：尘土飞扬，指繁华热闹的人世间。

③回首：回想起。

④紫绶：系着官印的绶带。争及：怎及得上。

⑤朱门：红色大门，指富贵人家。

⑥戟：一种武器。危主：危难中的君主。

⑦闷听：讨厌听到。聒：吵闹。

⑧旧隐：以前归隐的地方。

⑨一般：相同。

诗歌大意

十年来在尘土飞扬的人世间行走，回想起以往居住的青山，那景象频频入梦。加官晋爵纵然显贵，又怎及得上舒适一睡？朱红大门虽然富贵，但不如清贫人家宁静。忧愁地听闻忠臣贤将手持剑戟，扶助危难中的君主，也讨厌听到喧闹的笙箫，把醉酒的人吵醒。我携带旧书回到以前归隐的地方，那里的野花和啼鸟与以前一模一样。

短析

这首诗与王中《干戈》一样，都是写于一个战乱迭起的时代，诗人经历唐末、五代，看尽成王败寇。可能是由于曾经学道的缘故，诗人多了一份超然物外的冷静，他似乎冷眼看世人，那些扶助君主的将领与沉迷音乐的人们，都在红尘中打滚，而他却转身走向归隐的青山。

时世行[1]

杜荀鹤[2]

夫因兵死守蓬茅[3]，麻苎衣衫鬓发焦[4]。
桑柘废来犹纳税[5]，田园荒尽尚征苗[6]。
时挑野菜和根煮[7]，旋斫生柴带叶烧[8]。
任是深山更深处[9]，也应无计避征徭[10]。

注释

①《全唐诗》中，此诗题为《山中寡妇》。时世：时代、世道。行：歌行，这里是诗歌的意思。

②杜荀鹤（846—904）：字彦之，号九华山人，唐末五代池州（今属安徽）人。相传他是杜牧的儿子，五代时官至翰林学士，诗风流畅浅易，以宫词最为著名。

③兵：战争。蓬茅：茅屋。

④麻苎：麻布。

⑤桑柘：桑树和柘树，可养蚕，这里指生计。废：荒废。

⑥苗：青苗税，唐末一种附加税。

⑦挑：拣。

⑧旋：很快。斫：砍。

⑨任是：即使。

⑩无计：没有办法。征徭：赋税和徭役。

诗歌大意

丈夫因为战争死去了，妻子守在茅屋里，她身穿粗麻衣服，两鬓焦黄。种桑养蚕的生计都荒废了，朝廷还要纳税，田园耕地全都荒芜了，还要征青苗税。她常常在野外挑拣野菜，带着根须煮来吃，很快又去砍生柴，连着叶子一起烧。即使躲进深山更深的地方，也无法躲避朝廷的赋税和徭役。

短析

战争中，男儿战死沙场，最可怜的，便是他们的妻子儿女。在古代，男人是一家之主，这“主”是经济的支柱，也是“社会地位”的支柱。家中失去了丈夫和父亲，妻儿几乎无法生存，而在这样的处境下，朝廷还要向寡妇征税，几乎要逼得她们走投无路。这首诗诉说的便是这种艰苦的生活，非常清晰、直接。诗歌最后说即使躲进深山更深的地方，也无法躲避赋税，更加尖锐地指出了“苛政猛于虎”。

送天师①

朱权②

霜落芝城柳影疏③，殷勤送客出鄱湖。
黄金甲锁雷霆印④，红锦韬缠日月符⑤。
天上晓行骑只鹤⑥，人间夜宿解双凫⑦。
匆匆归到神仙府，为问蟠桃熟也无⑧。

注释

①天师：对道士的尊称。这首诗是朱权写给当时的天师张正常的。

②朱权（1378—1448）：明太祖朱元璋第十七子，封宁王，谥号献王，史称“宁献王”。他写了很多杂剧、

戏曲，又编收了许多曲谱，他的《荆钗记》是“明初四大传奇”之一。

③芝城：即现在的江西鄱阳，城北有芝山。

④黄金甲：一种精美贵重的道家外套。雷霆印：威力强大的法印。

⑤红锦韬：红色锦布的套子。缠：绑着。

⑥鹤：仙鹤，传说中仙人的坐骑。

⑦双凫：两只野鸭。相传东汉王乔把两只鞋子变成两只鸭子，乘它们到京城去。

⑧熟也无：熟了没有。

诗歌大意

霜雪落在鄱阳城，城里的柳影疏疏落落，我殷勤地送你出鄱阳。你精美如黄金甲的道家外套紧锁着威力强大的法印，红色锦布的套子绑着日月符咒。白天骑着一只仙鹤在天上行走，晚上解开一双仙凫在人间留宿。你很快回到如神仙居所一样的府第，询问着仙桃熟了没有。

短析

这首诗的作者是明朝的宁献王，他是一个颇有文采的人，擅长杂剧和戏曲，也写诗歌。由于他位高权重，而且明初也算是国泰民安，因此他的作品内容偏向于安逸与升平。这首诗是他与一位道士交往的作品，赞美道士犹如神仙一样。

送毛伯温[1]

朱厚熜[2]

大将南征胆气豪，腰横秋水雁翎刀[3]。
风吹鼍鼓山河动[4]，电闪旌旗日月高。
天上麒麟原有种[5]，穴中蝼蚁岂能逃[6]。
太平待诏归来日[7]，朕与先生解战袍。

注释

①毛伯温：字汝厉，明朝正德年进士，嘉靖朝官至兵部尚书，嘉靖十八年（1539）出征安南（今越南）。

②朱厚熜（1507—1566）：即明世宗，年号嘉靖，初期较勤于政事，后期二十年没有上朝，笃信道教。

③秋水：形容宝刀的光彩。

④鼍鼓：鼍即扬子鳄，鼍鼓是扬子鳄皮造的鼓。

⑤麒麟：一种神兽，这里指毛伯温。种：后代。

⑥蝼蚁：借喻安南叛军。

⑦诏：诏书。

诗歌大意

大将军将要征讨南方，浑身是胆，气魄豪迈，腰间佩带着如秋水般清明光洁的雁翎刀。风吹着鼍鼓，摇动山河，雷电闪耀旌旗，日月交替高悬空中。天上的麒麟神兽原来有后代，那就是将军你，安南叛军弱小如洞穴中的蝼蚁，怎能逃得掉？等待太平之日，下诏书召你归来，朕替将军你脱去战袍。

短析

明世宗时，安南（即今越南）叛乱，朝廷派兵讨伐，明世宗亲自写了这首诗歌，赠予当时的将军毛伯温。诗歌并不算太特别，但是作为一首赠予出征将军的诗，它已足够威风了。

五言绝句

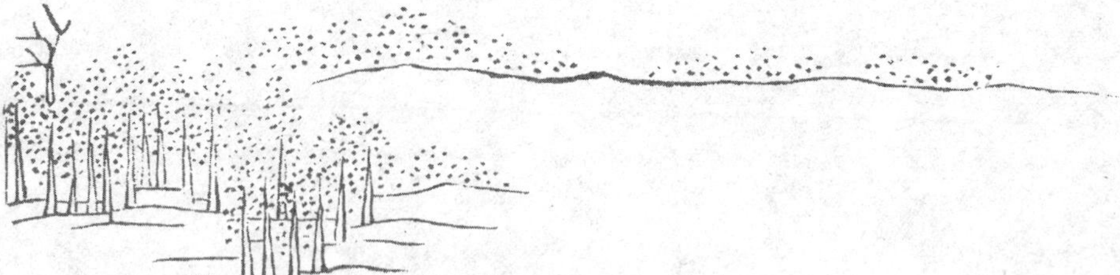

春眠[1]

孟浩然[2]

春眠不觉晓[3]，处处闻啼鸟。
夜来风雨声，花落知多少[4]。

注释

①《全唐诗》中，此诗题为《春晓》。

②孟浩然（689—740）：唐代襄阳（今属湖北）人，因此又称为孟襄阳。他早年在鹿门山隐居，四十岁后来到长安，举进士。相传他写了一句“不才明主弃”，惹怒了唐玄宗，因此不第。他几乎终身不仕，古代诗人们都认为他很隐逸，他的诗歌风格清新自然，与王维并称“王孟”。

③不觉：不知不觉。

④知多少：不知有多少。

诗歌大意

在春天睡觉，不知不觉便天亮了，处处都听到鸟儿啼叫。昨天夜晚传来风吹雨打的声音，不知有多少花朵在风雨中凋零。

短析

《千家诗》五言绝句的开卷第一首就是《春眠》，说明了它的重要地位。《春眠》非常简单，写诗人在一个春天的早上醒来，他想到了昨夜有风雨，从而怜惜起被打落的花朵。短短的二十个字中，有现实环境（处处闻啼鸟），也有诗人的想象（花被打落了），有春天的气息，也有怜惜的心情，语言简易却丰富动人，是一首非常适合初学者阅读的诗歌。

访袁拾遗不遇①

孟浩然

洛阳访才子，江岭作流人②。
闻说梅花早③，何如此地春④。

注释

①《全唐诗》中，此诗题为《洛中访袁拾遗不遇》。袁拾遗：袁瓘，是孟浩然的朋友。不遇：没有遇到。

②江岭：指今广东、江西交界处的大庾岭。流人：流放或被贬的人。

③早：开得早。

④此地：指洛阳。

诗歌大意

我到洛阳探访才子袁拾遗，不料他已被流放到江岭去了。听说那里的梅花开得很早，但是怎比得上洛阳繁花盛放的春天。

短析

诗人兴致高昂地去探访朋友，怎知朋友被流放到远方，只能感叹人生无常。后两句说远方的梅花虽然开得早，但也不及洛阳的春天，言外之意是怜悯朋友的远去，希望他能快点回来。

送郭司仓①

王昌龄②

映门淮水绿③，留骑主人心④。
明月随良掾⑤，春潮夜夜深。

注释

①郭司仓：姓郭的司仓。司仓，管理仓库的官吏。

②王昌龄：字少伯，生卒年不详，唐代京兆（今属陕西）人，是唐玄宗开元十五年（727）进士，后又中博学宏词科。他是一位著名的诗人，与李白、孟浩然等人都有交往。他擅长七言绝句，被誉为“七

绝圣手”，更有“诗家天子王昌龄”之称。

③淮水：河流名，发源于河南省桐柏山，流经安徽、江苏等地，最后注入长江。

④留骑：挽留车马，即留客之意。

⑤掾：官吏。

诗歌大意

映入门前的淮水颜色翠绿，我这个主人的心意是要挽留将要离去的你。天上的明月，要伴随你这样的好官而去，夜夜的春潮与我的思念一样深啊。

短析

诗歌写诗人对朋友的感情，十分精致。诗人要挽留朋友，心意很真诚，第三句的随朋友而去的明月，以及最后一句的深深的春潮，无一不暗示着诗人的感情——诗人的思念像明月一样随他而去，而“深”字有“深厚”与“深沉”之意，因此春潮的“深沉”联系了思念的“深厚”。这一句的表达非常含蓄幽雅。

洛阳道①

储光羲②

大道直如发，春日佳气多。

五陵贵公子[3]，双双鸣玉珂[4]。

注释

①《全唐诗》中，此诗题为《洛阳道五首献吕四郎中》。

②储光羲（706—763）：唐代润州（今属江苏）人，一说祖籍兖州（今属山东）。唐玄宗开元十四年（726）进士，官至监察御史。安史之乱时被逼接受安禄山授予的官职，唐朝光复后，被贬死于岭南。

③五陵：皇戚权贵之地。详见杜甫《秋兴》（其三）注。

④玉珂：玉制的马络头上的饰物。

诗歌大意

洛阳大道如头发一样平直，春日的气息非常美好。住在富贵之地的贵介公子，乘坐着马车飞驰在路上，马络头上面的玉珂装饰碰撞得叮当作响。

短析

这是一首写洛阳繁华热闹场景的短小诗歌。第一句的“直如发”，是对“直”这个状态很经典的比喻，《诗经》中即有“绸直如发”的描写。诗歌虽然短，但是有阔大的景物（洛阳大道），有春天的气息，有富贵之地（五陵），有富贵之人，有富贵之声（鸣玉珂），包含了很丰富的内容。

独坐敬亭山[①]

李白

众鸟高飞尽，孤云独去闲。
相看两不厌，只有敬亭山。

注释

①敬亭山：位于今安徽省宣城北面，又称昭亭山。

诗歌大意

一群群鸟儿在高空飞翔，全都飞走了，孤独的浮云闲静地独自飘去。我独坐在这里，四周的景物中，互相对望而两不相厌的，只有这座敬亭山。

短析

五言绝句的字数非常少，因此最好的五绝，要做到“以小见大”，虽然字数少，但韵味无穷。这首《独坐敬亭山》便是很好的例子。在众鸟飞尽、孤云独自飘浮的背景下，诗人唯与敬亭山相对相望，是什么原因使诗人与敬亭山“相看两不厌”呢？这是诗歌缺失的部分，也是读者疑惑的部分，在这孤清情调的衬托下，这种疑惑反而产生了一种深长的韵味。

登鹳鹊楼[1]

王之涣[2]

白日依山尽[3]，黄河入海流。
欲穷千里目[4]，更上一层楼。

注释

①鹳鹊楼：兴建于北周的一座著名高楼，大概位于今山西省蒲县西南城上，由于战火与黄河泛滥等问题，现在已无法找到。现时的鹳鹊楼是仿建而成。

②王之涣（688—742）：字季陵，唐代并州晋阳（今属山西）人，一生做过一些小官。他是当时著名诗人，诗歌常被乐工制成乐曲歌唱，但是现在仅存六首诗歌。

③依：沿着。尽：落下。

④穷：穷尽。千里目：一双能看到千里之外的眼睛，意指千里之远的风光。

诗歌大意

白日沿着山峰落下，黄河流入大海之中。如果想看尽千里之远的风光，便要再登上更高的楼层。

短析

诗歌的首两句描写诗人登楼看到的宏阔风景，后两句说要想看到更好的风光，便要再上一层楼。这首诗很有积极勉励的意味，“千里目”代表着更好的前景，“更上一层楼”则是达到更高的境界。诗句中的“上”用得很好，这“上”除了“登上”之外，也有“行走”“积极向上”“更好”等意思，使诗歌具有更丰富的含意。

观永乐公主入蕃[1]

孙逖[2]

边地莺花少，年来未觉新[3]。
美人天上落，龙塞始应春[4]。

注释

①《全唐诗》中，此诗题为《同洛阳李少府观永乐公主入蕃》。永乐公主：唐玄宗朝皇室宗亲东平王李继的外孙杨元嗣之女杨氏，被封为永乐公主，嫁入契丹。蕃：古代对少数民族的称呼，此指契丹。

②孙逖：唐代诗人，生卒年不详，唐玄宗开元十年（722）登文藻宏丽科，拜左拾遗、中书舍人等官职，在当时非常著名。

③年来：新一年到来。新：指春天的气息。

④龙塞：边疆。

诗歌大意

边疆之地，黄莺与鲜花都很稀少，新一年到来，也未感到有春天的气息。永乐公主这样的美人从天而降，边疆之地的春天应该到来了。

短析

这是一首应制诗，手法很巧妙。通常应制诗会用仙境或金银珠宝衬托主题，因此诗歌很多时候充斥着“玉”“仙”“宝”“光”等字眼。不过这首诗却以边疆之地寒冷荒芜为背景，公主的到来带来了春天，不但如此，“天上落”间接暗示了仙女下凡，低调地高捧主人公，让人非常容易接受。

春怨

金昌绪[1]

打起黄莺儿[2]，莫教枝上啼。
啼时惊妾梦[3]，不得到辽西[4]。

注释

①金昌绪：唐代余杭（今属浙江）人，生平不详，他现在只仅存这一首诗。旧本诗人误作“盖嘉运”。

②打起：赶走。

③妾：古代女子的谦称。

④辽西：辽河以西的地方，即今辽宁省西部。

诗歌大意

赶走那只黄莺鸟，不要让它在树枝上啼叫。它啼叫时会惊醒妾身的美梦，这样我就不能在梦中去到辽西，与你相会了。

短析

这首诗写一个孤单的女子，她的丈夫到辽西去了，她想念丈夫，希望与他在梦中相会，因此要把黄莺赶走，不让它的啼叫声，惊醒她的梦境。梦中相会当然不是真实的事，这代表着女子的期盼，而诗歌说赶走黄莺以免惊醒梦境，代表她的期盼非常强烈。

左掖梨花①

丘为②

冷艳全欺雪③，余香乍入衣④。

春风且莫定[5]，吹向玉阶飞[6]。

注释

①左掖：掖廷的左面，即唐代的门下省，当时门下省的官署就设在禁宫的左边。掖，指禁宫。

②丘为：生卒年不详，唐代嘉兴（今属浙江）人，唐玄宗天宝二年（743）进士，官至太子右庶子，诗歌以自然或田园为主，与王维、刘长卿交好。

③欺：超过。

④乍：忽然。

⑤定：停止。

⑥玉阶：原指玉石砌成的台阶，这里暗指皇宫。

诗歌大意

梨花的冷艳超过雪花，它的香气忽然袭入衣裳。春天的风啊，暂且不要停止，吹得梨花向皇宫的台阶飞去。

短析

这首诗主要表达梨花之美，以及随风而舞的情态，以既冷又艳、既香且飞的画面“情调”取胜。除此之外，诗歌写皇宫左门下省的梨花，被风吹向皇宫的台阶，我们可以想一想，这其中意味怎会不是诗人把自己比作梨花，希望飞向宫中呢？

思君恩[①]

令狐楚[②]

小苑莺歌歇[③]，长门蝶舞多[④]。
眼看春又去，翠辇不曾过[⑤]。

注释

①思：思慕、慕想。君：皇帝。恩：恩宠、宠幸。

②令狐楚（766—837）：字壳士，唐代华原（今属陕西）人。他官至中书侍郎同平章事、尚书左仆射，与白居易、刘禹锡等诗人交好，常有诗歌唱和。

③歇：停止。

④长门：汉代的宫殿名。汉武帝时，不再受宠的皇后陈阿娇便住在长门宫内。

⑤辇：皇帝的车马。过：造访、经过。

诗歌大意

宫中小苑，黄莺的歌声停止了，失宠的长门宫里，飞舞的蝴蝶越来越多。眼看春天又要过去了，皇上的碧翠马车依然未曾来过。

短析

诗歌题名为“思君恩”（思慕皇帝的宠幸），实际上是对皇帝的期盼。小苑的“莺歌”代表着美好的生活，黄莺是春天，歌是歌舞，那时皇帝一定如诗中描述的那样与妃子玩乐着，但是它“歇”了，代表着这种生活已经过去。“长门”代表妃子的失宠，“蝶舞”虽然美丽，但它只能在没有人的地方才“多”，如果人来人往，便会把蝴蝶赶走。诗歌最后两句说春天过去了，皇帝也不曾来过，诗歌中充满对过去的怀念，盼望这种日子能够重来。

题袁氏别业[①]

贺知章[②]

主人不相识，偶坐为林泉[③]。
莫谩愁沽酒[④]，囊中自有钱。

注释

①此诗又作《偶游主人园》。别业：别墅。

②贺知章（659—744）：字季真，唐代会稽（今属浙江）人。他在武则天朝担任过多个较高的官职，后于唐玄宗天宝年间归隐，成为一个道士。他个性疏狂，又爱喝酒，自称“四明狂客”，与李白等诗人都有

交往，诗歌风格清俊。

③为：为了。

④谩：谩骂，这里似乎是唠叨的意思。沽酒：买酒。

诗歌大意

我与主人素不相识，偶尔来这里坐坐，是为了那林中山泉。不要唠叨，为如何买酒而发愁，我的囊袋中自有买酒钱。

短析

贺知章爱喝酒，生性疏狂，这首诗给人的感觉，就如贺知章的性格一样。诗人与主人并不认识，却坐在人家的别墅旁边，一边喝酒一边欣赏山色，甚至笑说不要发愁，因为他的袋中有酒钱，口气非常豪爽，整首诗显得既清静又豪放。

夜送赵纵①

杨炯②

赵氏连城璧③，由来天下传④。
送君还旧府，明月满前川。

注释

①赵纵：杨炯之友，赵州（今属河北）人。

②杨炯（650—692）：唐代华阴（今属陕西）人。他是初唐著名诗人，与王勃、卢照邻、骆宾王合称“初唐四杰”。

③连城壁：赵国的和氏璧，价值连城。秦国曾经说要用十五个城池来交换它，但到手后却食言，赵国使臣蔺相如用计谋把它夺回，这就是成语“完璧归赵”的故事。

④由来：向来。传：闻名。

诗歌大意

赵国价值连城的和氏璧，向来闻名天下。我送你回到以前的地方，明亮的月光照遍前路的河川。

短析

诗人用赵国的和氏璧来比喻赵纵，这个构思很巧妙。首先，和氏璧价值连城、天下闻名，以此比喻赵纵才华非常出众。其次，赵纵姓“赵”，又来自“赵州”，古代有“完璧归赵”的故事，这次他回归“旧府”，暗合了“完璧归赵”的寓意。

竹里馆[①]

王维

独坐幽篁里[②]，弹琴复长啸[③]。
深林人不知，明月来相照。

注释

①竹里馆：王维辋川别墅中的一个馆阁名称。

②篁：竹林。

③复：又。啸：大叫，这里指高歌。

诗歌大意

独自坐在竹林里，弹琴又高歌。这林子深深的，人们不知道里面的人在做什么，只有明亮的月光映照着。

短析

王维诗歌幽静，诗中有画，具有含蓄不尽的韵味，这首《竹里馆》便是代表作之一。在幽静的林子中，弹琴高歌，这是一个很高雅的行为，琴声与歌声更突显出林子的“幽”。这样高雅的事，不需要吵吵闹闹的闲人来附和，在“深林”中，人们不知道这一刻发生的事，其实诗人也不希望他们知道吧，只要明月知道，明月照耀便足够了。

送朱大入秦[1]

孟浩然

游人五陵去[2]，宝剑值千金。
分手脱相赠[3]，平生一片心。

注释

①朱大：诗人的朋友，不知何许人。秦：秦地，即今陕西一带。

②五陵：皇戚权贵之地。详见杜甫《秋兴》(其三)注。

③脱：解下。

诗歌大意

你这个要远游的人，要到秦地的长安五陵去，我这柄宝剑价值千金，离开的时候，我解下它，送给你，代表我这平生的一片真心。

短析

宝剑赠朋友，即使它价值千金，也在所不惜，因为这代表诗人对朋友的关怀与友谊，比宝剑还珍贵。诗人的一个“脱”字，用得极好，它有着轻易、简便、快速的感觉。这样贵重的东西轻易地“脱下”，在诗人心中当是有比它更重要的东西。最后一句“平生一片心”，非常平实，也非常真挚。

长干行[1]

崔颢

君家何处住，妾住在横塘[2]。
停船暂借问[3]，或恐是同乡。

注释

①此诗又题作《长干曲》，是一首乐府歌行。

②横塘：即今江苏省南京市秦淮河南岸。

③借问：询问。

诗歌大意

你的家乡在哪儿呢？妾身住在横塘。停船时暂且询问，恐怕我们还是同乡呢。

短析

一名女子与一名男子搭乘同一艘船，可能女子听到男子的口音，认为他们有可能来自同一家乡，因此在停船的时候，向他询问。整首诗模仿了女子的语气、口吻，很生动地塑造了她的形象。有些读者还会认为，女子询问男子的家乡，除了猜测两人是同乡外，还可能以此为借口，向俊俏的男子搭讪呢。

咏史

高适[①]

尚有绨袍赠[②]，应怜范叔寒[③]。
不知天下士[④]，犹作布衣看[⑤]。

注释

①高适：字达夫、仲武，生年不详，卒于765年，唐代渤海（今属河北）人。高适官至淮南节度使、剑南西川节度使等,又受封渤海侯。在盛唐诗人中,他的官位最显赫。由于经历长期的军旅生活，故他的边塞诗非常出色。

②绨袍：质地粗厚的丝袍。绨，丝织品。

③范叔：战国时秦国的宰相范雎。

④天下士：名闻天下的士人、杰出的人才。

⑤布衣：穿粗布衣服的人，即贫寒之人。

诗歌大意

对范雎尚且赠予一件丝袍，应是怜悯范雎的寒酸。不知他已经是名闻天下的士人了，还把他看作贫寒之人。

短析

咏史诗是中国古代一种特殊的诗歌题材，诗人描述、赞美或贬斥真实发生的历史事件，并作出思考或感叹。高适《咏史》写的是战国范雎与须贾的故事。范雎与须贾都是魏国人，须贾曾经诬害范雎，然而范雎死里逃生，化名张禄，做了秦相。后来，魏国派须贾出使秦国，范雎穿着破烂的衣服去见他，须贾见他这样贫苦，便给他一件丝袍，之后须贾知道范雎就是秦相张禄，大为惊慌。而范雎因为他赠袍这点心意而放过了他。

这首诗歌由这件事出发，对世人只看到表面光彩，轻率下判断的行为，发出“不知天下士，犹作布衣看”的慨叹。

罢相作①

李适之②

避贤初罢相③，乐圣且衔杯④。
为问门前客，今朝几个来。

注释

①罢相：罢免了左相之职。

②李适之：生年不详，卒于公元747年，他是李唐皇朝宗室，恒山王李承乾的孙子，历数官，于唐玄宗天宝年间担任左相。相传他的酒量惊人，与李白、贺知章等八人并称“饮中八仙”。

③避贤：退位让贤。

④乐圣：古代把“清酒”称为“圣人”，因此乐圣是饮酒作乐的意思。衔杯：同“含杯”，也是举杯喝酒的意思。

诗歌大意

我被罢免左相之职，避位让贤，在家举杯饮酒，消遣作乐。试问昔日门前的客人，今日还有多少会来？

短析

李适之被罢免左相的职务，并不是因为诗歌所说的“让贤”，而是因为与李林甫争斗失败被罢免，诗歌说“让贤”，不过是反话。他被罢相后，任太子少保，是个闲职，因此只能饮酒作乐，消解愁绪。树倒猢狲散，他任左相时，围绕在身边的人很多，到他罢相后，这些人也消失了，人情冷暖，确实令人慨叹。

逢侠者[①]

钱起

燕赵悲歌士[②]，相逢剧孟家[③]。
寸心言不尽[④]，前路日将斜。

注释

①逢：遇见。

②燕、赵：战国时的燕、赵两诸侯国，即今河北一带，古代多侠客。悲歌：慷慨悲歌，如燕地的荆轲刺秦前，唱过“风萧萧兮易水寒，壮士一去兮不复还”(《易水歌》)。

③剧孟：西汉侠客。

④寸心：内心。

诗歌大意

你这个燕赵之地慷慨悲歌的侠士，我们相逢在如侠客剧孟一样的家中。我心里有讲不尽的话语和情意，而时间飞逝，眼看前面的道路落日将西斜。

短析

诗人遇到一个侠士，这个侠士可能是他的朋友。诗人为他写一首诗，赞美他，可能他来自古代的燕赵之地，因此诗人使用了燕赵多侠士、荆轲刺秦、侠客剧孟等典故。诗歌第三句“寸心言不尽”，真挚犹如孟浩然《送朱大入秦》的“平生一片心”，第四句“前路日将斜”，指出横亘在侠士与诗人面前的还有一条漫漫前路。

江行望匡庐①

钱起

咫尺愁风雨②，匡庐不可登。
只疑云雾窟③，犹有六朝僧④。

注释

①匡庐：即庐山，汉朝名臣匡衡在庐山居住，因此庐山又称匡庐。匡衡，详见杜甫《秋兴（其三）》注。《全唐诗》中，此诗题为《江行无题》。

②咫尺：形容很近的距离。

③窟：山洞。

④六朝僧：魏晋南北朝时期，中国南方建都于南京的有东吴、东晋、宋、齐、梁、陈六个朝代。那时的佛教僧侣非常多，详见杜牧《江南春》注。

诗歌大意

庐山只有咫尺之遥，但山上风雨就像愁云惨雾一样，因此不能去攀登。我怀疑那布满云雾的山洞里，还有六朝的僧人。

短析

诗歌的字数很少，因此有时需要省略一些内容，例如这首诗的首句“咫尺愁风雨”，什么东西近在咫尺呢？哪里的风雨像愁云惨雾一样？这时我们便需要在诗的题目上寻找答案，诗题是“江行望匡庐”，即是在江河上乘船，望见庐山。我们把题目和第一句结合起来理解，便会得到一个比较清晰的景象——诗人在江河上乘船，望见庐山，那山近在咫尺，但山上的风雨像愁云惨雾一样，以致让人对着眼前的山峰只能望而却步。

答李浣①

韦应物

林中观易罢，溪上对鸥闲。
楚俗饶词客②，何人最往还③。

注释

①李浣：诗人的朋友，他从楚地（今湖北、湖南一带）

归来，写诗给韦应物，诗人便用此诗回赠。

②楚俗：楚地的传统。饶：多。词客：写词的人，即诗人。

③往还：交往。

诗歌大意

在树林中看完《周易》，便在小溪上闲适地对着水鸥消遣。楚地那么多诗人，除你之外，何人与我交往最多？

短析

诗人的朋友李浣从楚地归来，写了一首诗送给诗人，诗人以这首诗赠答。诗的前两句是自我描述，诗人告诉李浣自己的闲居生活：在林中看《周易》，又去溪上看水鸥。后两句是诗人对李浣说的话，李浣来自楚地，而楚地历代出过许多“词客”，因此他说楚地那么多“词客”，但与自己交往最多的还是李浣。

秋风引①

刘禹锡

何处秋风至，萧萧送雁群。

朝来入庭树②，孤客最先闻。

注释

①引：古代一种乐府歌行。

②入庭树：风吹动了庭院里的树木。

诗歌大意

哪里吹来了秋风，萧萧瑟瑟的风声送走雁群。早上，风吹动了庭院里的树木，孤独的人最早听见那飒飒之声。

短析

第一句与第二句，是典型的秋天景物，诗歌最有韵味的是第三、四句。风声进入树林，吹动着叶子，必然会沙沙作响，那声音就是“秋声”。一个开心幸福的人，早上必然还做着美梦，要不就正与家人欢聚，哪会留意到沙沙的风声？只有孤独寂寞的人，晚上睡不着，早晨起得很早，才会留意到秋天萧瑟的风声，“孤客最先闻”一句中蕴含着丰富的内心感受。

秋夜寄丘员外①

韦应物

怀君属秋夜②，散步咏凉天。
山空松子落，幽人应未眠③。

注释

①《全唐诗》中，此诗题为《秋夜寄丘二十二员外》。丘员外：即丘丹，他是诗人丘为的兄弟，排行二十二，是诗人的朋友。

②怀：怀念、怀想。属：正当。

③幽人：指丘员外，也包含隐士之意。

诗歌大意

正当秋天的夜晚，我怀想朋友，边散步边咏叹这个清凉的日子。满山空寂，一个松子落下，幽人应该还没睡呢。

短析

这首诗如此清幽，如此优美，是五言绝句中的名篇。一个怀念友人的秋夜，凉快美好，诗人吟着诗歌，非常写意。“山空松子落”一句，在广大的空间中，一个微小的松子落下，在寂静的世界中，突然有了动态，非常灵动。而“幽人”二字更是妙绝，这是清幽的人，也是幽静的人；这是幽雅的人，也是幽眇的人……“幽人”二字包含了各种“幽”，不仅仅是“清幽”或“幽眇”一种含义，因此在诗歌大意中，亦沿用“幽人”，不作解释。

秋日

耿沣[①]

返照入闾巷[②]，忧来谁共语。
古道少人行，秋风动禾黍[③]。

注释

①耿沣：字洪源，唐代河东（今属山西）人，唐代宗宝应元年（762）进士，与钱起等人并称“大历十才子”，诗歌风格朴素而有韵味。

②返照：这里指落日的余晖斜照。闾巷：街道。

③禾黍：米和谷等农作物，这里暗指“黍离之悲”，即国家苍凉、凄怆。

诗歌大意

落日的余晖斜照入街道，我的忧愁可与谁说？古老的道路没有什么行人，秋风吹动着苍凉悲伤的禾黍。

短析

诗中的“古道”，除可解作“古老的道路”外，还可理解成“古时的道理”。在中国，这种“古时的道理”就是圣人之道，即仁义忠恕。“古道少行人”一句可理解作“现在已经很少有人提倡和遵行圣人之道，因此国家日渐衰败、萧索”。

秋日湖上

薛莹[1]

落日五湖游[2]，烟波处处愁。
浮沉千古事[3]，谁与问东流[4]。

注释

①薛莹：唐文宗时人，生平不详。

②五湖：详见《旅怀》诗注。这里特指五湖中的太湖，亦暗喻天下。

③浮沉：湖水时浮时沉，就如胜败兴亡变化不断。这里亦暗指战国时吴越争霸。

④东流：中国地势西高东低，河流由西向东流。

诗歌大意

日落时分，我在太湖上泛舟，湖水被烟波笼罩，处处都飘散着愁绪。千古兴亡之事如湖水般浮浮沉沉，有谁会过问它为什么向东流去？

短析

五湖地区是古代吴越争霸之地，那时吴王阖闾要攻打越国，反而被越王勾践打败并杀死。夫差继承吴王之位，攻打越国以报杀父之仇，把越国打败之后，越王勾践便成了夫差的马夫。但是，勾践卧薪尝胆，并在范蠡和其他人（相传他们派西施迷惑夫差，让他疏于朝政）的帮助下，最后打败夫差，夺回越国。

诗人在太湖上，必定想起了这件事，这美丽的五湖之地，你争我夺，胜负兴亡轮流上演，不禁让诗人发出了“浮沉千古事”的历史慨叹。

宫中题

李昂①

辇路生秋草②，上林花满枝③。
凭高何限意④，无复侍臣知。

注释

①李昂(809—840)：即唐文宗，他是唐穆宗的二儿子，在位初期致力于打击宦官以及“牛李党争”，后来被宦官软禁至死。他在位十四年，颇有抱负，亦好诗文。

②辇路：指皇帝马车所行的道路，即皇宫内的道路。辇，皇帝的马车。

③上林：即上林苑，也指皇宫园林。详见《城东早春》注。

④凭：倚，这里指临高眺望。何限：无限。

诗歌大意

皇宫内的道路生长着秋草，皇宫园林里花开满枝。我临高眺望，有无限的心事，却不再有侍臣得知。

短析

唐文宗李昂在位时，外有“牛李党争”，内有宦官把持朝政。宦官之患尤为严重，他们势力庞大，甚至能废立天子。李昂一心要铲除宦官，公元835年，他与朝臣策划事变，借口让宦官去看殿中的甘露，实际上埋伏重兵，希望把宦官一举消灭。不过一阵风吹起布幕，宦官看到布幕后的士兵识破李昂的计谋，使用计策屠杀了一千多人，又把李昂软禁起来，这就是历史上著名的“甘露之变”。

这首诗就是写于李昂被软禁之后，他临高眺望的无限心事，应是“甘露之变”的失败，以及君王竟沦为傀儡、大唐天下被宦官把持的耻辱与悲痛。

寻隐者不遇[1]

贾岛

松下问童子[2]，言师采药去[3]。
只在此山中，云深不知处。

注释

①隐者：隐士。

②童子：隐士的徒弟或童仆。

③师：师傅，即那位隐士。

诗歌大意

我在松树下，向童子询问隐士去了哪里，他说师傅到深山采药去了。“师傅就在这座山里，但白云深深，我不知道他在什么地方。”

短析

整首诗里，隐士都没有出现，诗歌以童子的回答指点隐士的行踪。“云深”表明了隐士云游四海，是一位世外高人，他的行踪连童子都猜不出。诗歌的最后两句充满高深与隐逸的味道。

汾上惊秋[1]

苏颋[2]

北风吹白云，万里渡河汾[3]。
心绪逢摇落[4]，秋声不可闻[5]。

注释

①汾：汾水，源出山西，流入黄河。

②苏颋（670—727）：字廷硕，唐代京兆（今属陕西）人。他是武则天朝进士，后来被封为许国公，唐玄宗时居相位，其诗文在当时享有盛誉。

③河汾：黄河与汾水，这里指汾水流入黄河之处。

④摇落：树叶摇落的季节，即秋天。

⑤不可闻：听不下去，即忍受不了。

诗歌大意

北风吹着白云，我行走万里，要渡过汾水的河口。我心绪愁乱，遇上了树叶摇落的秋天，那秋声真的听不下去。

短析

诗人羁旅在外，行走万里路，心里必定想念故乡，这种心情就是诗中所说的“心绪”。羁旅在外的心情遇上秋天，萧瑟的落叶与心情相呼应，这就是“秋声”让人伤心的原因。诗人忍受不了的并非是“秋声”，而是那种凄凉的心情。

蜀道后期[1]

张说[2]

客心争日月[3]，来往预期程[4]。

秋风不相待[5]，先至洛阳城。

注释

①蜀道：蜀即今四川省，蜀道指四川的道路，写这首诗时，诗人要从四川回到洛阳。后期：比预期的时间延后。

②张说（667—730）：字道济，一字说之，唐代洛阳人。他在武则天朝入仕，到唐中宗朝，官至兵部尚书、集贤院学士，最后成为尚书左丞相，封燕国公。他的诗文非常著名，诗歌简洁刚健，与《汾上惊秋》的苏颋并称“许燕大手笔”。

③客心：旅客的心，这个旅客就是张说。争日月：即争取时间。

④预：预计，估算。期程：归期和路程。

⑤待：等待。

诗歌大意

我这个旅客的心，想要争分夺秒，与时间赛跑。我已经计划好归程和日期了，但是秋风却不等待我，自己先到了洛阳。

短析

诗人要从四川赶回洛阳，一定是归心似箭，所以他预先把回去的路程和时间都计算好。不过，他可能因为某些事情耽误了时间，因此比预计的时间晚了。诗歌的后两句说秋风不等待他，先到了洛阳，暗指他的“落后”，这种描写手法非常可爱。

静夜思

李白

床前明月光，疑是地上霜。
举头望明月，低头思故乡①。

注释

①思：怀念。

诗歌大意

床的前头有一片明亮的月光，真让我怀疑它是地上的冰霜。我抬起头望着明月，低下头又怀念起故乡。

短析

如果要说最著名的五言绝句，必定是李白的《静夜思》，学校课本、儿童诗歌集子中经常见到这首诗。这首诗很简单，很容易理解。不过对于“床前明月光”的“床”，有很多争议。在唐代，睡觉的“床”不叫

“床”，称之为“榻”，“床”是指“胡床”，可能是小茶几或者是休息用的长椅，究竟是哪种家具，仍然不太清楚。

秋浦歌[①]

李白

白发三千丈，缘愁似个长[②]。
不知明镜里，何处得秋霜[③]。

注释

①秋浦：地方名，在今安徽省贵池县。《秋浦歌》共十七首，这是第十五首。

②缘：因为。个：这样。

③秋霜：秋天的霜雪，比喻白发。

诗歌大意

白发长达三千丈，因为愁绪就似这样长。不知道明镜中的人，从哪里得到满头的秋霜？

短析

这首诗前两句与后两句，因果关系是倒转的。诗人看到镜中的自己满头白发，因而便发问“何处得秋霜”。

而结果是：那似三千丈长的白发，是因为忧愁而长出来的。前两句是结果，后两句是发问，但诗人故意倒转来写，这样读者便会先看到一个愁绪满怀的意象，再看到满头白发的人，在最后一句的发问后，读者便会自觉地把愁绪与白发的人重合在一起，“发现满怀愁绪的原来是诗人”。这一手法使诗歌产生特殊的韵味。

赠乔侍御[①]

陈子昂[②]

汉廷荣巧宦[③]，云阁薄边功[④]。
可怜骢马使[⑤]，白首为谁雄[⑥]。

注释

①乔侍御：即乔知之，他也是一位诗人，是作者的朋友，曾担任侍御史一职。《全唐诗》中，此诗题为《题祀山烽树赠乔十二侍御》。

②陈子昂（661—702）：字伯玉，唐代梓州（今属四川）人。武则天朝时，任右拾遗，两度随军远征契丹，其间因得罪权贵，仕途失意而弃官，最后被武三思迫害，死于狱中。陈子昂是唐代著名诗人，诗风刚健古雅，提倡恢复魏晋时的古朴诗风，在诗歌史上具有很高的地位。

③汉廷：汉代朝廷，这里借指唐代朝廷。荣：显赫。巧宦：投机取巧的官吏。

④云阁：汉代的云台与麒麟阁，用来悬挂功臣的画像。薄：轻视。边功：开拓边疆的功绩。

⑤骢马使：汉朝的桓典担任御使的职位，声名远播，常常骑着骢马，被时人称作骢马御使。

⑥白首：白头，即年老。雄：壮志雄心，这里指建功立业。

诗歌大意

汉代朝廷里，显赫荣耀的全是那些投机取巧的官吏，云台与麒麟阁也轻视那些有开拓边疆功绩的人。可怜那些犹如桓典一样的人，熬到头发都白了，他究竟是为谁建功立业呢？

短析

这首诗全篇都在说汉代的事，汉代的朝廷、汉代的功臣阁（云台、麒麟阁）、汉代的桓典，其实是借古讽今。陈子昂除了在武则天朝做过右拾遗外，其他时间都仕途失意。他感到被轻视，觉得自己是一匹千里马，苦苦等待伯乐的出现，但等来等去都等不到。因此诗歌中被轻视、没人赏识的良臣，实际上都是诗人的自况。

答武陵太守[1]

王昌龄

仗剑行千里，微躯敢一言[2]。
曾为大梁客[3]，不负信陵恩[4]。

注释

①武陵：地方名，在今湖南省常德市。武陵太守：指诗人的朋友田太守。

②微躯：微小的身躯，谦词，代指诗人自己。一言：说一句话。

③大梁客：指战国时的侯嬴，他曾看守大梁城门，后来做了信陵君的宾客，并为信陵君出谋献策。大梁，古代魏国的首都，即今河南省开封市。

④信陵：信陵君魏无忌，战国四公子之一。

诗歌大意

我持仗着宝剑行走千里，来到了这个地方，微小的我敢说一句这样的话：我曾经是你的宾客，我会像侯嬴一样，不会辜负像信陵君一样的你的恩情。

短析

王昌龄诗歌豪迈、有侠气，在这首诗中展现无遗。

他受到武陵田太守的厚待，以此诗相赠。诗人先把自己比作侠客手持宝剑行走四方，又比作战国时受过信陵君恩惠，后来为其出谋献策的谋士侯嬴，言外之意就是田太守对他的厚待如信陵君一样，自己会像侯嬴一样报答田太守的恩德。“微躯敢一言”与“不负信陵恩”两句都写得豪气四溢。

行军九日思长安故园①

岑参

强欲登高去②，无人送酒来③。
遥怜故园菊，应傍战场开④。

注释

①九日：指九月九日重阳节。
②登高：重阳节的登高习俗。
③送酒：晋朝的典故：陶渊明家贫，在重阳节没有酒喝，当时的太守王弘知道后，便送酒给他。
④傍：依傍。

诗歌大意

在九月九日重阳节，我勉强要上山登高，也没有人像送酒给陶渊明一样送酒给我。我遥遥地怜惜着故园的菊花，它们应该正依傍着战场开放。

短析

写这首诗时，正是安禄山作乱之时。此时唐玄宗退位，唐肃宗继位，而诗人在唐肃宗身边担任官职，他们并不在长安，而是在凤翔，正策谋反击之事。在战事之下，又适逢重阳佳节，诗人却不能与家人登高喝酒，诗歌所说的“思长安故园”，恐怕是思念故乡。而故园的菊花，在战场边开放，既是命悬一线，又是怒放的美丽，有着一种凄美。这菊花是否也可理解成诗人在故乡的“亲人”？

婕妤怨①

皇甫冉②

花枝出建章③，凤管发昭阳④。
借问承恩者⑤，双蛾几许长⑥。

注释

①婕妤：古代皇帝妃嫔的称号。《婕妤怨》是古代一种乐府歌行的名称。

②皇甫冉：字茂政，唐代丹阳（今属江苏）人。据说他是个神童，官至右补阙，是“大历十才子”之一。

③建章：汉武帝宫殿名，这里指唐代皇宫。

④凤管：即洞箫。昭阳：即昭阳宫，也是汉武帝的宫殿名。

⑤承恩：承受皇上恩典。

⑥双蛾：飞蛾的触须，比喻女子的眉毛，在诗中代指女子。

诗歌大意

开花的枝条越出建章宫的宫墙，洞箫的声音从昭阳宫内传出来。请问那位承受皇上恩典的人，美丽的蛾眉有多长？

短析

整首诗歌都在描写“他人”。“她”的宫中有美丽的花枝，有歌舞音乐，“她”正身受皇上的恩宠，“她”不知有多美丽，隐藏在这个“她”后面的，就是“我”。诗人要表达的就是这个“我”，“我”也受过恩宠，但后来失宠了，“我”只能羡慕别人的快乐，这便是《婕妤怨》这一乐府题目的内容——汉代班婕妤贤良又有文采，却只能受到一时恩宠，因为汉武帝恋上了赵飞燕，便把班婕妤抛诸脑后。

题竹林寺[1]

朱放[2]

岁月人间促[3]，烟霞此地多。
殷勤竹林寺[4]，更得几回过[5]。

注释

①竹林寺：江西省庐山的一所寺庙，一说是江苏省丹徒的竹林寺。

②朱放：字长通，生卒年不详，唐代襄州（今属湖北）人。唐德宗贞元二年（786），朝廷下诏请他担任左拾遗，被他推辞。他的诗歌风格清远萧散。

③促：短促。

④殷勤：即喜爱、留恋的意思。

⑤更：再。得：可以。

诗歌大意

人间的岁月光阴很短促，此地的烟霞云气非常多。我喜爱留恋竹林寺，然而还可以再来这里多少次呢？

短析

山林是古代道士、仙人隐居之地。在古代诗人笔下，山林代表着与世无争、隐逸、逍遥自在。诗人留恋竹林寺，也是留恋山林的清静。不过他是个入世之人，很快便须回归烦嚣的城市中，继续过着争名逐利的生活。所以诗人也只能偶尔逃出来，到竹林寺坐一坐。

三间庙①

戴叔伦②

沅湘流不尽③，屈子怨何深④。
日暮秋风起，萧萧枫树林。

注释

①三间庙：屈原庙，屈原曾被封为三间大夫。此诗又作《题三间大夫庙》。

②戴叔伦（732—789）：字幼公，一字次公，唐代润州（今属江苏）人，历数官，因为政绩很好，所以被封为谯县开国男，是“大历十才子”之一。

③沅湘：沅水与湘水，在古代的楚地。

④屈子：屈原。

诗歌大意

沅水与湘水日夜不停地流着，屈原的怨愤是何其深啊。日落时分秋风起了，枫树林发出萧萧的声音。

短析

屈原是楚怀王的臣子，后来因被政敌攻击，楚怀王不再信任他，因此他写作《离骚》以表心志。不过这也没有起作用，他后来投汨罗江而死。这段故事对于古代诗人以及诗歌创作都十分重要。屈原是伟大的诗人，也是心怀家国但不被重用的政治家，这一形象与古代很多诗人相似，仕途得意的诗人极少，因此他们都对屈原的遭遇感同身受，戴叔伦也不例外。沅水与湘水这片“楚地”，日夜不停流动的水，象征着屈原无限的委屈与怨愤。这首诗不只是描写屈原，也是描写大部分中国古代诗人的境遇。

易水送别[①]

骆宾王[②]

此地别燕丹[③]，壮士发冲冠[④]。
昔时人已没[⑤]，今日水犹寒。

注释

①易水：河流名，发源于今河北省易县。传说荆轲刺秦前，在易水与燕丹分别。

②骆宾王：字观光，生卒年不详，唐代义乌（今属浙

江）人。他是初唐著名诗人，相传七岁便写出《咏鹅》诗，是“初唐四杰”之一。

③燕丹：燕国太子丹。

④发冲冠：愤怒得头发直竖，把帽子顶了起来。

⑤没：不在。

诗歌大意

在此地与燕丹分别，荆轲愤怒得头发直竖，把帽子顶了起来，他要去行刺秦王。旧时的英雄豪杰已经不在了，今日的易水仍然清寒。

短析

诗人在易水这个地方与朋友分手，由这次分别，他联想到春秋战国时期，在同一个地方，荆轲也与燕太子丹分别，时空隔了近一千年，但同样的事情屡次上演。荆轲要去刺秦，无论成功或失败，他都要死。他在易水边，唱着那首慷慨就义的歌：“风萧萧兮易水寒，壮士一去兮不复还。”

别卢秦卿[①]

司空曙[②]

知有前期在[③]，难分此夜中[④]。

无将故人酒，不及石尤风[5]。

注释

①此诗又作《留卢秦卿》。

②司空曙：字文明，一字文初，生卒年不详，唐代广平（今属河北）人。他是“大历十才子”之一，诗歌风格清雅隽永。

③前期：预先约好的会面。

④难分：难舍难离。

⑤石尤风：出门远行时的迎头逆风。这里用了一个典故：古代有一位石姓的女子，嫁给尤姓商人，丈夫常常出门经商，妻子很想念他，忧郁成疾，病逝前说要化为大风，阻止所有男子出门远行。

诗歌大意

我知道你与别人早有约定，快要离开了，但在这个夜晚我仍对你难舍难离。不要推辞我这个故人敬的酒，这比不上石尤风的威力。

短析

这首诗的后两句，如果直接看字面，大意是“不要推辞我这个故人敬的酒，比不上石尤风”，我们较难理解诗句，因为它省略了许多因果关系以及诗人内心的转折。诗人的朋友与人早有约定，所以不得不走，在这样的情况下，诗人与朋友饮酒为其送别。诗人一定想劝朋友多喝一点，朋友也因为明天要走，不想酒力过猛而推辞，所以诗人便说："不要推辞我这个故人敬的酒，这一点点酒力不足以阻碍你明天的行程，它的力量那么小，还不及出门远行时的打头逆风。"

答人①

太上隐者②

偶来松树下，高枕石头眠。
山中无历日③，寒尽不知年④。

注释

①答人：回答别人的提问。

②太上隐者：唐代人，不知何人，生平不详。相传人们遇到他，询问他的情况，他用这首诗回答。

③历日：记载着年、月、日、节令的历书。

④寒尽：冬天过去，这里应指春去秋来时间飞逝。

诗歌大意

偶尔来到松树底下，把石头当枕头睡大觉。深山之中没有历书，春去秋来时间飞逝，也不知今夕是何年了。

短析

这是一首写隐居生活的诗歌。诗中之人不知姓甚名谁，也没有透露自己的情况，只告诉他人自己在松树下睡大觉，也不翻看历书，不知今年是何年。这表达了一种隐居深林“快乐不知时日过”的心境。

五言律诗

幸蜀回至剑门[1]

李隆基[2]

剑阁横云峻，銮舆出狩回[3]。
翠屏千仞合[4]，丹嶂五丁开[5]。
灌木萦旗转[6]，仙云拂马来。
乘时方在德[7]，嗟尔勒铭才[8]。

注释

①幸：古代皇帝到某一地方，称作“幸”。蜀：四川。剑门：四川省剑阁县附近的剑门关。《全唐诗》中，此诗题为《幸蜀西至剑门》。

②李隆基：即唐玄宗，又称唐明皇，初封临淄王，继睿宗之位为帝。在位期间，任用贤相，励精图治，开创了“开元之治”的盛世。晚期发生著名的“安史之乱”，国势急转直下，甚至被迫离开长安，出走避难。在避难当中他让位给太子李亨，是为肃宗。唐玄宗喜爱音乐、歌舞、诗歌，是个多才多艺的皇帝，他与杨贵妃的爱情故事历来为人熟知。

③銮舆：皇帝的车马。出狩：皇帝到外地出巡。

④翠屏：绿色的屏风，这里指山。仞：古代长度单位，八尺为一仞。合：比喻山峰围合在一起。

⑤嶂：像屏障一样高险的山。五丁：五位力士。这里用了一个典故：秦惠王要攻打蜀地，那时没有路，他便造了五只石牛，五位力士拉动它们而开辟出道路。

⑥萦：围绕。

⑦乘时：顺应时势。

⑧嗟：赞美。尔：你、你们。勒铭：在金石上镌刻，以记载事件或功绩。

诗歌大意

剑门关高峻地横亘在云端，朕乘坐车马出巡，现在回来了。犹如绿色屏风的山峰有千仞之高，围合在一起，红色的山嶂高险如屏障，要由五位力士才能把它开通。旌旗围绕着山中低矮的小树飘转，天上的仙风掠过马身。顺应时势在于立德，朕赞美你们那可以刻在金石上、流芳百世的才华。

短析

安史之乱爆发，唐玄宗不得不避难到蜀地，并被迫将杨贵妃赐死于马嵬坡。作为盛世的皇帝，他不再受到人们的支持，一定感到心灰意冷。因此在避难当中，他传位给太子李亨，是为唐肃宗，他便成为太上皇。后来安史之乱平定了，唐肃宗便从蜀地将他接回长安，途中他写下了这首诗。诗中他说自己“出巡”，其实只是一个美化的名词，实际上是避难。此时，安史之乱已经过去，他的心情很好，写出了蜀地剑门关的巍峨。他又反思国政，在诗歌中发出国政“在德”的感慨。

和晋陵陆丞早春游望[1]

杜审言[2]

独有宦游人[3]，偏惊物候新[4]。
云霞出海曙[5]，梅柳渡江春。
淑气催黄鸟[6]，晴光转绿蘋[7]。
忽闻歌古调[8]，归思欲沾巾[9]。

注释

①晋陵：即今江苏省武进县。陆丞：陆元方，字希仲，武则天朝为丞相，他写了一首《早春游望》，杜审言写了这首和作。

②杜审言：字必简，生卒年不详，祖籍襄阳（今属湖北），唐代咸亨元年（670）擢进士第，经历了武则天与中宗朝，是初唐的重要诗人，他的孙子就是杜甫。杜审言擅长五言律诗，为“文章四友”之一。

③宦游：在异乡做官的人。

④偏：格外、特别。

⑤曙：曙光。

⑥淑气：温和的气候。

⑦蘋：一种水草，类似浮萍。

⑧古调：古时的歌调，这里指陆元方的原作《早春游望》。

⑨巾：手帕。

诗歌大意

唯有在异乡做官的宦游人，才会格外惊讶于异地新的事物与环境。云气与彩霞伴随着海上的曙光而出现，梅树和柳树发芽复苏，昭示着春天已渡江而来。温和的气候催动着黄莺高歌，晴朗的阳光照耀着绿蘋，光彩流动。忽然听见你充满古调的《早春游望》，渴望归家的心情使我眼泪直流。

短析

陆元方写了一首《早春游望》，杜审言以此首诗相唱和。和诗要写好并不容易，因为和诗要回应他人，很容易被他人的诗歌框住不能有所发挥，亦或沦为赞美他人的作品。然而，这首诗歌却很有特色，诗的第一、二句已显示了诗人的才华：只有宦游人，才会惊讶景物的不同——因为身在异乡，所有东西都是不熟悉的，所有与故乡不同的东西，都会被诗人格外留意。因此第三至六句描写的景物，虽然都非常美丽，但都是“异乡”之物。诗人听到陆元方的诗歌，没有赞美诗歌写得好，反而因此想到家乡，这是很真挚的情感。

蓬莱三殿侍宴奉敕咏终南山[①]

杜审言

北斗挂城边，南山倚殿前[②]。
云标金阙迥[③]，树杪玉堂悬[④]。
半岭通佳气，中峰绕瑞烟。
小臣持献寿[⑤]，长此戴尧天[⑥]。

注释

①蓬莱三殿：唐朝大明宫内有三殿，名叫蓬莱、紫宸、含元。奉敕：奉皇上的敕令作诗。

②南山：即终南山，位于长安附近。

③云标：即云端。标，相等的意思。金阙：皇宫。迥：高远。

④杪：同“梢”。玉堂：指宫殿。

⑤持：手持美酒。

⑥戴：头戴着东西，在这里是“过着……的生活”的意思。尧天：尧帝统治下的太平盛世。

诗歌大意

北斗星挂在宫城的旁边，终南山倚靠在宫殿的前面。皇宫高远与云端相齐，玉堂宫殿高高地仿佛悬挂在树梢上。美好的气息连接着大半山岭，祥瑞的烟霞围绕着主要的山峰。小臣我手持美酒向您祝寿，从此过着如尧帝统治下的太平盛世般的生活。

短析

这首诗与前诗《和晋陵陆丞早春游望》，都是应制交际的诗歌。前诗是唱和的诗歌，这一首则是奉皇帝命令而作。很明显的是，由于前诗感情真挚，因而非常动人。而这首诗虽然写得精美，但是很呆板，无非是赞美皇宫的美丽，前六句用不同的语言写同一件事——皇宫很美，最后两句是客套话——恭祝皇上国泰民安。

春夜别友人

陈子昂

银烛吐清烟[①]，金尊对绮筵[②]。

离堂思琴瑟[③]，别路绕山川[④]。

明月隐高树，长河没晓天⑤。
悠悠洛阳去⑥，此会在何年。

注释

①银烛：白色的蜡烛。

②金尊：即金樽，代指美酒。绮筵：美好的宴席。

③离堂：设宴饯别的厅堂。琴瑟：出自《诗经·小雅·鹿鸣》“我有嘉宾，鼓瑟鼓琴”，这里指宴会。

④别路：分别后的道路。

⑤长河：天上的银河。没：消失。

⑥悠悠：漫长。

诗歌大意

银白色的蜡烛吐着清烟，美酒金樽对着精致的宴席。离别的高堂弹起琴瑟，触动了我的哀思，分别后前路围绕着山川，非常漫长。明月隐没在高高的树间，天上的银河消失于破晓的天空。想到你前去洛阳后的漫长日子，这样的聚会我们何年能再有？

短析

诗人的朋友要去洛阳，在临行前的夜晚诗人与他饮宴。从晚上的精美宴会到星星月亮消失，这些通通都是铺垫，诗的最后一句才是重点：此会在何年。

长宁公主东庄侍宴[1]

李峤[2]

别业临青甸[3]，鸣銮降紫霄[4]。
长筵鹓鹭集[5]，仙管凤凰调[6]。
树接南山近，烟含北渚遥[7]。
承恩咸已醉[8]，恋赏未还镳[9]。

注释

①长宁公主：唐中宗的女儿。东庄：长宁公主的府第。

②李峤（644—713）：字巨山，唐代赵州（今属河北）人。他经历了唐高宗、武则天、中宗与玄宗四朝，官至中书令，是初唐著名文学家，也是“文章四友”之一。

③甸：皇城近郊。

④鸣銮：皇帝的车马。霄：天空。

⑤筵：筵席。鹓鹭：鹓鸟与鹭鸟，它们飞行时都排成一行，这里比喻筵席的官员。

⑥仙管：即洞箫。凤凰调：引来凤凰的优美乐曲。

⑦渚：水中的小洲。

⑧咸：都。

⑨恋赏：流连玩赏。镳：马嚼子，代指回去的车马。

诗歌大意

公主的别墅在青翠的皇城近郊，皇帝的车马从紫色的天空上降下来。文武百官像鹓鸰与鹭鸟一样，整齐地排集在长长的筵席旁，宴会的洞箫吹奏着美妙的可以引来凤凰的乐曲。树木绵密连接着终南山，山因此显得很近，烟雾笼罩着水中小洲，显得缥缈遥远。我们这群身受皇恩的人全都醉了，留恋玩赏这么美丽的地方，迟迟不肯回去。

短析

无论是七言绝言、七言律诗还是五言律诗，应制诗使用的手法都差不多：以天上神仙与过去的伟大朝代来代指皇室成员，并使用华贵的金、玉、仙来比喻事物，这首诗又是一例。

恩赐丽正殿书院赐宴应制得林字[①]

张说

东壁图书府[②]，西园翰墨林[③]。
诵诗闻国政[④]，讲易见天心[⑤]。
位窃和羹重[⑥]，恩叨醉酒深[⑦]。
载歌春兴曲[⑧]，情竭为知音[⑨]。

注释

①丽正殿：唐玄宗建造的丽正殿书院。应制得林字：诗人奉皇帝之命作诗，以“林”字为韵脚。《全唐诗》中，此诗题为《恩制赐食于丽正殿书院宴赋得林字》。

②东壁：即古代二十八星宿之一，据说掌管天上的文章图书，即现在的飞马座和仙女座。

③西园：三国时魏国园林，曹植于此园招待诗人，并赋诗唱和。

④诗：即《诗经》。

⑤易：即《易经》。天心：天意。

⑥位窃：窃取高位，诗人自谦自己能得皇上赏识，委以重任。和羹：调和羹汤，即辅助皇帝处理国家事务。

⑦恩叨：身受皇恩。

⑧春兴曲：即这首充满春天味道的诗歌。曲，在这里是诗歌之意。

⑨情竭：尽情、尽我所能。知音：这里指唐玄宗。

诗歌大意

这里如天上的东壁星，是天下图书的府第，也如曹植的西园，是天下诗人赋诗宴聚之地。这里朗读《诗经》，以闻知国家政道，这里也讲解《易经》，以窥见天地之心。微小的我得以身居高位，辅助皇上处理国家事务，今日又身受皇恩，赐食饮酒，以至于大醉。对此良辰美景我谱写这首充满春天味道的诗歌，尽我所能酬谢皇上这位知音的心意。

短析

因为这是描写书院的应制诗，所以诗人不使用神仙和伟大王朝来作比喻，而改用天上的星宿和伟大的诗人。诗的最后四句虽然是客套话，但仍很大方得体。

送友人

李白

青山横北郭①，白水绕东城。
此地一为别，孤蓬万里征②。
浮云游子意，落日故人情。
挥手自兹去③，萧萧班马鸣④。

注释

①郭：外城。

②孤蓬：孤独的蓬草，蓬草折断后随风飞扬，飘浮不定。

③自兹去：从此而去。

④班：离群的。

诗歌大意

青翠山岭横亘在外城之北，白色水波围绕着东面的内城。我们在此地一日分别，你就像随风飞扬的孤蓬一样万里奔波。飘浮的白云正是游子之心，将落的太阳正是故人的情意。我向你挥手，你从此而去，我听见那离群的马儿萧萧地嘶鸣。

短析

这首诗写离别，用的都是最普通的语言，不过表达手法却很巧妙。诗人没有说“我舍不得你”，或者说“离别令人很伤感”，而是使用意象，将这些伤感、惆怅的感觉全都包含在“孤蓬”“浮云”“落日”“离群的马”之中，它们全都有“分离”“孤单”“飘荡”的含意，从而传递了伤感的情调。

送友人入蜀

李白

见说蚕丛路[①]，崎岖不易行。
山从人面起，云傍马头生。
芳树笼秦栈[②]，春流绕蜀城[③]。
升沉应已定[④]，不必问君平[⑤]。

注释

①见说：听说。蚕丛：人名，相传是古代蜀地的祖先，这里代指蜀地。

②秦栈：从古代的秦地到蜀地的栈道。

③春流：充满春意的河流。

④升沉：仕途的升降。

⑤君平：汉代的严遵，字君平，他在四川成都隐居，以占卜为生。

诗歌大意

听说那蜀地的道路，崎岖不平难以行走。山就好像从人的面前突然崛起，云仿佛倚傍着马头涌出。馥郁的树木笼罩着从秦到蜀的栈道，充满春意的河流围绕着蜀地的城池。仕途的升降应该早已注定，也不需去询问占卜师严遵了。

短析

李白在另一首诗中写道：“蜀道难，难于上青天。”四川海拔高，多山且险峻，在交通不发达的古代尤其崎岖难行，诗人说山在人面前突然崛起，云傍着马头涌出，都是非常奇特而贴切的想象。而最后一句写仕途“升沉应已定”，是诗人经历过官场失意之后的体验，这不只是对朋友说的话，也是诗人对自己说的话。

次北固山下①

王湾②

客路青山外③，行舟绿水前。
潮平两岸阔，风正一帆悬④。
海日生残夜⑤，江春入旧年。
乡书何由达⑥，归雁洛阳边⑦。

注释

①次：停留。北固山：位于今江苏省镇江市北面。

②王湾（693—751）：唐代洛阳（今属河南）人。他是唐玄宗朝的进士，历数官，终洛阳尉，在当时诗名很大。

③客路：旅途。

④风正：风顺。

⑤残夜：快要结束的夜晚，即天快亮的时候。

⑥何由达：怎样才能寄到。

⑦归雁：我国古代有鸿雁传书的说法。

诗歌大意

旅途就在北固山的青山之外，我行舟于山前的苍绿河水之上。潮水与河岸平齐，大地上处处显得很开阔，风顺着吹，船张挂起一片风帆。太阳升起于夜晚将尽的海上，充满春意的江河流入旧年。家书不知怎样才能寄到家人的手中，那归雁携带着我的家书飞往洛阳去。

短析

诗人描写风景的能力很强。第三、四句“潮平两岸阔，风正一帆悬”的描写简直是一幅图画；第五、六句更出色，它们不只是一幅幅美丽的日出与江河的图画，其中还富有哲理的味道。“海日生残夜”，意味着黑夜即将过去，呈现出充满希望的未来，“江春入旧年”，意味着旧的光阴要流走，这是“古往今来”的感叹，这两句使整首诗的意境得到了提升。

苏氏别业[①]

祖咏[②]

别业居幽处，到来生隐心。
南山当户牖[③]，沣水映园林[④]。
竹覆经冬雪，庭昏未夕阴[⑤]。
寥寥人境外[⑥]，闲坐听春禽。

注释

①别业：别墅。

②祖咏（699—746）：唐代洛阳（今属河南）人。他的仕途似乎并不顺利，最后隐居以终。他与王维交好，诗歌风格亦属田园幽静一派。

③南山：终南山。户牖：窗户。

④澧水：河流名，源出终南山。

⑤未夕：未到夕阳西下的时分。

⑥寥寥：寂静。

诗歌大意

别墅位于幽静之处，到了这里便生起归隐之心。终南山正对着窗户，澧水映衬着园中林木。竹子被经历寒冬的积雪覆盖，庭园的绿荫茂密，未到夕阳时分已经昏暗。在这个寂静的远离人烟之处，我悠闲地坐着，倾听春天禽鸟的鸣叫。

短析

描写清静之处的诗歌不少，这首是其中之一。我们可以注意到，古代诗歌中描写清静、清幽的时候，往往也与归隐相连。隐居就是过着清静的生活，这样的生活是美好的、逍遥自在的，这是古代人的一个共同理想。不过，这只是一个理想而已，能实现的人并不多。

春宿左省[①]

杜甫

花隐掖垣暮[②]，啾啾栖鸟过。
星临万户动[③]，月傍九霄多[④]。
不寝听金钥[⑤]，因风想玉珂[⑥]。
明朝有封事[⑦]，数问夜如何[⑧]。

注释

①左省：即门下省，在皇宫的左面。

②掖垣：皇宫旁边的矮墙，代指门下省与中书省，详见丘为《左掖梨花》注。

③临：照耀。

④九霄：极高的天空，这里指皇宫。

⑤不寝：不敢入睡。金钥：这里指开启宫门的钥匙声。

⑥玉珂：玉制的马饰。

⑦封事：呈给皇上的密封奏书。

⑧夜如何：夜晚的什么时辰。

诗歌大意

门下省的矮墙在暮色的笼罩之下，快要看不见花了，鸟儿要回巢栖息，啾啾地叫着飞过。繁星照耀下，千门万户闪动着光辉，月光丰满明亮，依傍着皇宫。

我不敢入睡，倾听着宫门开启的钥匙声，由风吹想到宫门外上朝的马车，马儿都佩有玉制的马饰。明天早朝有呈给皇上的密封奏书，因此数次询问现在是夜晚的什么时辰。

短析

杜甫曾经做过门下省的左拾遗，工作是向皇上进谏，进谏之时，把谏言写在密封的“封事”上。这首诗便写他当左拾遗时值班的情形，他夜晚不敢入睡，因为有奏书要呈给皇上，“不寝听密钥”与“数问夜如何”，都说明了他的焦急心情以及呈奏之事的重要性，从这方面来看，诗人有一颗赤诚的爱国之心。

题玄武禅师屋壁[①]

杜甫

何年顾虎头[②]，满壁画沧州[③]。
赤日石林气[④]，青天江海流。
锡飞常近鹤[⑤]，杯渡不惊鸥[⑥]。
似得庐山路，真随惠远游[⑦]。

注释

①玄武禅师：一位居住在玄武山的僧人，玄武山位于今四川省。屋壁：屋上壁画。

②顾虎头：东晋画家顾恺之，小名虎头。

③沧州：水滨，代指山水画。

④石林气：山石树林满布云气。

⑤锡飞常近鹤：这句使用了一个典故：相传梁朝时候，僧人宝志与白鹤道人都想住在舒州潜山，于是梁武帝请他们用法宝比试一番以分胜负。白鹤道人放出白鹤，宝志则放出锡杖，白鹤飞到山脚时，锡杖已到山上。最后梁武帝便在白鹤与锡杖的所在之处，建造了寺庙与道观。锡，僧人的锡杖。

⑥杯渡：相传有一个僧人叫“杯渡禅师”，他无需风和船，乘坐木杯渡河。

⑦惠远：东晋高僧，他在庐山修行，与当时很多名士交往。

诗歌大意

不知哪年，东晋著名画家顾恺之在这里画了满壁的山水画。画面上红日升起，山石树林满布云气，青天下江海奔流。僧人宝志的锡杖飞起，靠近白鹤，杯渡禅师乘木杯渡河，不惊海鸥。我现在好像寻得庐山修行之路，正跟随着高僧惠远同游。

短析

诗歌写了玄武禅师的壁画，把它比作著名画家顾恺之的作品，又在诗的后半部分，列举了高僧宝志、杯渡禅师与高僧惠远，诗人没有直接赞美玄武禅师，只是列举了一连串不同凡响的人物，其实是暗地里赞美禅师。这种赞美不着痕迹，因此并不“俗气”。

终南山

王维

太乙近天都①，连山到海隅②。
白云回望合③，青霭入看无④。
分野中峰变⑤，阴晴众壑殊⑥。
欲投人处宿⑦，隔水问樵夫。

注释

①太乙：终南山的别称。

②海隅：海边。

③回望：回首眺望。

④青霭：青色的云雾。

⑤分野：古代天上有二十八星宿，星宿与星宿之间的分界称为“分野”。中峰变：主峰变化。这句指在不同的星宿区域观看主峰，会呈现不同的景色。

⑥壑：山谷。

⑦人处：人家。

诗歌大意

终南山逼近天上的都城，连绵的山岭延伸到海边。回首眺望山上的白云，仿佛连在一起，走近一看，又看不到那青色的云雾。在不同的星宿区域观看主峰，会有不同的景色；在不同的阴晴时分来观看山谷，山谷也有不同。我想向山野人家投宿，便隔着江流向樵夫询问。

短析

一般人写景色，都会大小结合，比如说祖咏《苏氏别业》，写了较大的南山和澧水，也写较具体的竹子和庭园。而这首诗的特色，则是一直在写巨大的、抽象的意象。山连天、山连海、一大片的白云、看不到的青霭、巨大的中峰与众壑的变化，这一连串意象具有广阔的空间感和抽象性，因此使诗歌有了“哲思”的味道，最后的具体情景“隔水问樵夫”，又加深了“大”与“小”的差距，使诗歌更富韵味。

寄左省杜拾遗①

岑参

联步趋丹陛②，分曹限紫薇③。
晓随天仗入④，暮惹御香归⑤。
白发悲花落，青云羡鸟飞。

圣朝无阙事⑥，自觉谏书稀⑦。

注释

①左省：门下省。杜拾遗：即杜甫，他曾在门下省任职左拾遗，同一时间，岑参在右省中书省任右补阙。

②联步：上朝时，两位官员同步而行，以示对皇帝的尊敬。趋：谨慎地小步走。丹陛：皇宫红色的台阶。

③分曹：古代不同的官署单位。限：间隔。

④天仗：皇上的仪仗队。

⑤惹：沾染。

⑥阙事：缺误，过失。阙，同“缺”。

⑦谏书：进谏的奏章。杜甫与岑参分别担任左拾遗与右补阙，工作内容都是向皇帝进谏，以“拾起”和“补助”皇上的过失。

诗歌大意

众臣两两同步而行，小心谨慎地走向红色的台阶，紫薇花把两个官署单位间隔起来。白天的时候我们紧随着皇上的仪仗队上朝，傍晚时分我们身沾御炉的香气归去。长满了白发的我们，为花朵凋落而悲伤，天上的青云却羡慕飞去又飞来的鸟儿。太平的圣朝没有什么缺失，我自觉谏书稀少，没有什么可进谏。

短析

这首诗的前半部分与《早朝大明宫》《和贾舍人早朝》等极为相似。我们比较一下，就会发现它们使用了相同的意象，如皇帝的仪仗队、御炉香、红色的台阶等，连动词也是相同的，如“惹”，这说明了一件事，古代诗人们学习写作这种宫廷应制诗时，总有一些“样板诗”，这本《千家诗》就在其中。

登总持阁①

岑参

高阁逼诸天②，登临近日边。
晴开万井树③，愁看五陵烟④。
槛外低秦岭⑤，窗中小渭川⑥。
早知清净理⑦，常愿奉金仙⑧。

注释

①总持阁：即总持寺阁，在终南山的山腰。《全唐诗》中，此诗题为《登总持寺阁》。

②逼：逼近。诸天：佛教中有不同的天，住着不同的天人或佛。

③开：看得很清楚。井：分布如井字形。

④五陵：汉代五座皇家陵墓。详见杜甫《秋兴》（其

三）注。

⑤低：显得很低矮。

⑥小：显得很细小。

⑦清净理：清净的佛理。

⑧金仙：金色的佛像，代指佛陀或菩萨。

诗歌大意

高高的阁楼逼近诸天神佛，我登山凭眺，觉得自己近在日边。天气晴朗，可以清楚地看见成千上万棵整齐分布如井字形的树，而围绕在汉代五座皇家陵墓的烟雾，却牵惹出人的愁绪。在这栏杆之外，秦岭显得很低矮，从窗口望去，渭水也显得很狭小。我早就闻知佛门那清净的佛理，常常希望自己能够侍奉佛陀、菩萨。

短析

登高临望引起诗人的思绪，看到五座皇家陵墓的"愁"绪与希望常闻佛理的祈愿，都不过是短暂的感触。诗歌有时只写一时的情感，它并不是虚假的东西，但却短暂易逝，这是因为人的感受总随着外在环境而改变。登高望远时，假如诗人并不是满怀心事，那么诗歌便偏向于受外界环境影响而触发的短暂性感受。

登究州城楼[1]

杜甫

东郡趋庭日[2]，南楼纵目初[3]。
浮云连海岱[4]，平野入青徐[5]。
孤嶂秦碑在[6]，荒城鲁殿余[7]。
从来多古意[8]，临眺独踌躇[9]。

注释

①兖州：即今山东省兖州市。

②东郡：即兖州，古称东郡。趋庭：出自《论语·季氏》："鲤（孔子儿子）趋而过庭"，指儿子探望父亲，写此诗时杜甫的父亲在兖州做官。

③南楼：兖州城楼名。纵目：放眼远望。初：首次。

④岱：泰山。

⑤青徐：青州（今山东益都）与徐州（今江苏徐州）。

⑥嶂：高险像屏障的山。秦碑：秦始皇游泰山所刻的石碑。

⑦鲁殿：汉景帝儿子鲁恭王在山东曲阜所建的灵光殿。余：尚存。

⑧古意：古老悠久的韵味。

⑨踌躇：犹豫。

诗歌大意

我去东郡兖州探望父亲的时候，首次登上南楼放眼远望。浮云连接着大海与泰山，平野延伸入青州与徐州。像屏障一样孤高的山上，仍留存着秦始皇所刻的石碑，荒芜的城中，鲁恭王的灵光殿尚存。这里从来都充满着古老悠久的韵味，我临高眺望，心生感慨。

短析

杜甫的父亲在兖州做官时，杜甫前去探望。在这段旅程之中，他登上城楼，看到山东境内的很多景物。山东省是一个具有悠久历史文化的地方，泰山就位于山东，孔子也是山东人，很多古代经典的人文历史遗迹都在山东保存下来，这些景物给予杜甫独特的感受。杜甫的性格中有着强烈的人文关怀，又恰逢身处这个“多古意”的地方，因而形成了一种较深的文化底蕴，这首诗比岑参的《登总持阁》深厚很多。

另一方面，诗人登高怀想古老且又具有文化底蕴的山东，感受到此地的古今之变，因此不免感慨惆怅。

送杜少府之任蜀川[1]

王勃[2]

城阙辅三秦[3]，风烟望五津[4]。

与君离别意，同是宦游人[⑤]。
海内存知己，天涯若比邻[⑥]。
无为在歧路[⑦]，儿女共沾巾[⑧]。

注释

①杜少府：一个姓杜的朋友，担任“少府”的官职。蜀川：即今四川省。此诗又作《送杜少府之任蜀州》。

②王勃（648—675）：字子安，唐代绛州龙门（今属山西）人。王勃少有天才，十四岁便及第，历数官，二十八岁时，去探访身在交趾的父亲，渡海遇溺，惊悸亡。他的诗名很高，与卢照邻、骆宾王、杨炯合称“初唐四杰”。

③辅：辅佐。三秦：项羽曾把秦地（即长安一带）分为雍、塞、翟三国。

④五津：四川岷江的五个渡口。

⑤宦游：在异乡做官的人。

⑥比邻：邻居。

⑦歧路：分岔的路口。

⑧儿女：人们，即诗人与杜少府。沾巾：泪水沾湿手帕，即哭泣。

诗歌大意

三秦地区辅佐着皇城与宫殿，我在风烟之中远望蜀地的五个渡口。我与你都能感到依依惜别之意，因为我们都是身在异乡的人。四海之内皆兄弟，若有知己，即使远在天涯，心也像邻居一样靠近。我们不要在离别的分岔路口伤心哭泣。

短析

描写别离的诗歌总是悲伤的，哭泣是常见的场景，但这首诗却一反伤感的情调，充满了朝气、信心。第五、六句尤其精彩，诗人的名句“海内存知己，天涯若比邻”，很好地化用了《论语》的“四海之内皆兄弟”，以及曹植的诗句“丈夫志四海，万里犹比邻”。因为四海之内皆兄弟，只要朋友的心是贴近的，距离就不再是问题，分离是身体的事，而不是心灵的事，因此又何需哭泣？

送崔融[1]

杜审言

君王行出将[2]，书记远从征[3]。
祖帐连河阙[4]，军麾动洛城[5]。
旌旗朝朔气[6]，笳吹夜边声[7]。
坐觉烟尘扫[8]，秋风古北平[9]。

注释

①崔融：字子安，担任节度使幕中书记，要随军出征。

②出将：派遣将领出征。

③书记：即崔融。

④祖帐：送别的帐幕，在内设酒宴。河阙：地方名，即伊阙，位于今河南省洛阳市附近。

⑤军麾：军队的旗帜。洛城：洛阳城。

⑥朔气：北方的寒气。

⑦笳：胡笳，一种吹奏的乐器，军队中常用来发布号令。边声：边地的声音。

⑧烟尘：战争时扬起的烟和尘土，代指战事。扫：扫平、清除。

⑨古北平：古代的北平郡，即唐代的平州，位于今河北省卢龙县附近。

诗歌大意

君王将要派遣将领出征，你这书记需要随军远征。送别的帐幕连绵到伊阙去，军队的旗帜摇动着洛阳城。早上旌旗迎着北方的寒气，夜晚胡笳吹出边地的声音。你坐在军幕里运筹帷幄，不觉已把战争扫平，那古代多战事的北平郡身处秋风之中。

短析

作为送别的诗歌，这是一首典型的作品。它的手法大概是：先写分离的理由，再描写朋友离开前与离开后的景物，最后写分手的痛苦或期望，因为诗人的朋友是去行军的，所以这首诗在最后加入了赞美——你在军幕里运筹帷幄，不觉已把战争扫平——这都是标准的写法。如果把这首诗与王勃的《送杜少府之任蜀州》作对比，便会发现王勃之作并不标准，因为这种“不标准”，王勃之作反而显得高明。

扈从登封途中作①

宋之问②

帐殿郁崔嵬③，仙游实壮哉④。
晓云连幕卷⑤，夜火杂星回⑥。
谷暗千旗出，山鸣万乘来⑦。
扈从良可赋⑧，终乏掞天才⑨。

注释

①扈从：皇上出巡时的随从，这次出巡的皇上是武则天。登封：地名，即今河南省嵩山一带。

②宋之问：又名少连，字延清，生年不详，卒于公元712年，唐代汾州（今属山西）人。他是初唐的大

诗人，与沈佺期并称“沈宋”，历数官，最后被唐睿宗赐死钦州。

③帐殿：皇帝出巡所住的用帐幔搭建的临时宫殿。郁：繁盛美丽。崔嵬：高大巍峨。

④仙游：像神仙一样出游，用来形容这次出巡。壮：壮观。

⑤卷：舒卷。

⑥杂：混杂。回：回旋。

⑦万乘：皇帝的车马。

⑧良可赋：实在值得赋诗一首。

⑨掞天才：光耀照天的才华。

诗歌大意

皇帝的帐幕围绕成临时的宫殿，繁盛美丽又高大巍峨，这次的出巡就像神仙出游一样，壮观极了。白天的云彩连接着帐幕一起舒卷，夜晚的灯火混杂着星星一起回旋。上千旗帜从暗谷中涌出来，皇帝的车马在山中策动发出鸣声。这个景象实在值得我这个随从赋诗一首，但我最终欠缺光耀照天的才华，不能写出佳作。

短析

这也是一首赞美皇帝的应制诗，把皇帝比作神仙，用较高级的语言夸大景物的宏伟与富丽，最后贬称自己的才能有限，写不出美景的十分之一，这种手法非常典型。

题义公禅房[1]

孟浩然

义公习禅寂，结宇依空林[2]。
户外一峰秀，阶前众壑深。
夕阳连雨足[3]，空翠落庭阴[4]。
看取莲花净[5]，方知不染心[6]。

注释

①《全唐诗》中，此诗题为《题大禹寺义公禅房》。义公：唐朝一名高僧。

②结宇：建造房屋。

③雨足：雨水的踪迹。

④空翠：空蒙的翠绿色。

⑤莲花净：莲花般的洁净。

⑥不染心：不染凡尘的心灵。

诗歌大意

义公惯于佛家的清寂，因此依傍空寂的林子建造房屋。户外有一座秀丽的山峰，台阶延伸的前方有很多深邃的山谷。天边夕阳那橘红色的光芒折射出雨水绵密的踪迹，空蒙的翠绿色落户在庭园里，形成一片树荫。看取那莲花般的洁净，才了解什么是不染凡尘的心灵。

短析

这首诗歌的最后一句，“看取莲花净，方知不染心”有多种意思，因为我们不知道它的主语是谁，根据不同人的理解，可以有不同的译法，非常有趣。比如：我看取那莲花般的洁净，才了解到禅师您的不染心。也可以是：禅师你看取那莲花般的洁净，就明白了佛经所说的不染心是什么。

醉后赠张九旭①

高适

世上漫相识②，此翁殊不然③。
兴来书自圣④，醉后语尤颠⑤。
白发老闲事，青云在目前。
床头一壶酒，能更几回眠。

注释

①张九旭：张旭排行第九，故称张九旭。他是唐朝一位著名的书法家，擅长草书，爱酒，人称“草圣”。

②漫：随意地。

③殊不然：格外不同。

④兴来：兴致来了。书自圣：草书超凡入圣。

⑤尤：尤其。颠：癫狂。

诗歌大意

世上的人都随便地结交朋友，而你这个人却不是这样的。你的兴致来了，书写草书超凡入圣，喝醉之后说话尤其豪放癫狂。老了满头白发，闲来无事，忽然被皇上召为书学博士，青云之路就在眼前。床头放有一壶酒，你能有几次安眠呢？

短析

最后一句“床头一壶酒，能更几回眠”有多种不同的理解方法。这两句诗省略了“酒”与“不能安眠”两者之间的关系，为什么床头放有一壶酒，张旭就不能安眠？关于它们的关系，比较流行的有两种说法：一是因为床头放了一壶酒，张旭又爱喝酒，因此醒了又喝，喝了又醉，根本不能安眠。二是张旭被召为书学博士，工作繁忙，床头的酒也只能放着，忙到不能安眠。

玉台观[1]

杜甫

浩劫因王造[2]，平台访古游[3]。
彩云萧史驻[4]，文字鲁恭留[5]。
宫阙通群帝[6]，乾坤到十洲[7]。
人传有笙鹤[8]，时过北山头[9]。

注释

①玉台观：唐滕王李元婴在今四川阆中所建的一座道观。

②浩劫：即塔或观的石阶，这里代指玉台观。王：滕王李元婴。

③平台：西汉梁孝王所建的台，此处代指玉台观。

④萧史：人名，相传他是秦穆公女儿弄玉的丈夫，他善于吹箫，引来凤凰，夫妻两人一起升仙。

⑤鲁恭：汉朝的鲁恭王，相传他想扩建宫殿，毁坏孔子的旧宅，因而发现了藏在墙壁中的《古文尚书》等古书，后来他又建了灵光殿。

⑥群帝：道教的真人、仙人和天帝。

⑦十洲：传说中有仙人居住的十个岛屿。

⑧笙鹤：相传周灵王太子王子乔，善于吹笙，后在缑氏山骑鹤升仙而去。

⑨北山：缑氏山。

诗歌大意

这玉台观由滕王李元婴而建，我登上观望，来一次访古游览。这里彩云缭绕，仿佛仙人萧史停驻之处；此处文学遗产丰富，犹如鲁恭王发现的古书中所载的伟大文字。这里的宫殿似乎可通群帝的居处，而乾坤之气又好像可到达十洲。人们盛传这里有仙人所骑的白鹤，时常飞过北山去。

短析

唐代的佛教和道教都很兴盛，王公皇族们兴建道观亦是常见的事，玉台观就是滕王李元婴所建，而相传滕王之女亦做过女道士。诗歌用了很多有关王子或王女的典故，比如西汉梁孝王建造平台、鲁恭王建灵光殿、王子乔骑鹤升仙，这些典故加深了诗歌的仙气。

观李固请司马弟山水图①

杜甫

方丈浑连水②，天台总映云③。
人间长见画④，老去恨空闻⑤。
范蠡舟偏小⑥，王乔鹤不群⑦。
此生随万物，何处出尘氛⑧。

注释

①此诗又作《观李固言司马题山水图》，这幅山水图的拥有者是“李固”还是“李固言”，则不可考。

②方丈：一座海上仙山的名称，又称方壶。浑：全部。连水：山水相连。

③天台：天台山，是佛教名山。

④长见：常见。

⑤恨：遗憾。空闻：意指这样的仙山，只有空闻而未曾亲眼见过。

⑥范蠡：吴越争霸时，协助越王勾践打败吴王夫差的臣子，最后泛舟归隐而去。

⑦王乔：即王子乔，骑鹤升仙而去，详见杜甫《玉台观》注。

⑧尘氛：凡尘俗世。

诗歌大意

方丈仙山的四方八面山水相连，天台山总是映衬着云彩。人世间常常见到画像，但这样的仙山，却只有空闻，未曾亲眼见过。范蠡归隐而去的舟是那么小，王子乔升仙的白鹤又仅有一只。我此生身随着世俗万物，到哪里才能跳出这个凡尘俗世?

短析

这首诗大概是杜甫为朋友而作的山水画题诗，但这个朋友是“李固”还是“李固言”则是个问题。如果依诗题《观李固请司马弟山水图》，则是诗人为李固表弟送给李固的画题诗。如果依诗题《观李固言司马题山水图》，则是诗人为李固言的画题诗，因为李固言曾任职司马。不过，诗题流传了千年，当中亦可有其他的可能性。

旅夜书怀[①]

杜甫

细草微风岸，危樯独夜舟[②]。
星垂平野阔，月涌大江流[③]。
名岂文章著[④]，官因老病休[⑤]。
飘飘何所似，天地一沙鸥。

注释

①旅夜：旅途中的夜晚。

②危樯：高高的桅杆。

③涌：涌现。

④著：因……著名。

⑤休：因……罢休。

诗歌大意

岸边微风吹着细草，一只桅杆高高的小舟，独自行驶在夜晚的河面上。星光垂坠着，平野很广阔，月亮像要涌出来，大江一直奔流。名声岂是因为文章而显赫，官职应是由于老病而罢休。我飘飘悠悠像什么？广大天地间的一只小小沙鸥。

短析

唐代宗永泰元年，杜甫的官职丢了，父亲去世了，他举家离开成都，乘舟经重庆时写下这首诗。从这样的背景出发，我们可以猜想到杜甫心中一定感慨良多。他的家族出了许多诗人（如祖父杜审言与父亲杜闲），自己又是著名诗人，但他却说“名岂文章著”；官职丢了，他隐晦地说是因为“老病”而罢休，在“星垂平野阔，月涌大江流”的美景下，他感到孤单、无依无靠，就如广大天地间一只小小的、飘零的沙鸥，这个比喻非常贴切，也富有哲思。

登岳阳楼[①]

杜甫

昔闻洞庭水[②]，今上岳阳楼。
吴楚东南坼[③]，乾坤日夜浮[④]。

亲朋无一字，老病有孤舟。
戎马关山北[5]，凭轩涕泗流[6]。

注释

①岳阳楼：位于今湖南省岳阳市西门城头，洞庭湖旁边。

②洞庭水：洞庭湖，位于今湖南省。

③吴：先秦时期的吴国，大概位于今江苏省一带。楚：先秦时期的楚国，大概位于今湖北、湖南一带。坼：裂开。

④乾坤：天地万物，《水经注》说洞庭湖“日月若出没其中”。

⑤戎马：战事，这里指唐代郭子仪抵抗北方吐蕃的入侵。关山：关山之北，代表北方。

⑥凭轩：倚着岳阳楼的窗户。

诗歌大意

从前听人家说过洞庭湖，如今我登上了湖边的岳阳楼。吴地与楚地因湖水而东南分隔，天地万物日夜浮于湖上。我的家人朋友没有寄来一个字，我既病且老只拥有一叶孤舟。想到关山之北的战事，我倚着岳阳楼的窗户伤心流泪。

短析

杜甫登上岳阳楼，看到洞庭湖，这洞庭湖素来以美丽闻名，但诗人却写它的浩大——把吴、楚两地分隔开，乾坤万物日夜浮在湖上——比起写山水花草的美景，这显得更加雄浑壮大。面对崇高的事物，人总会感到自己的渺小，诗的后四句正好就是诗人面对崇高事物时所引发的自身孤苦之情。

江南旅情[①]

祖咏

楚山不可极[②]，归路但萧条[③]。
海色晴看雨[④]，江声夜听潮。
剑留南斗近[⑤]，书寄北风遥[⑥]。
为报空潭橘[⑦]，无媒寄洛桥[⑧]。

注释

①旅情：羁旅之情。

②楚山：楚地的山。极：尽头。

③但：只。

④海色：湖或江流的景色。晴：白天。

⑤剑：龙泉、太阿两把宝剑。南斗：天上的南斗星，位于南方，因此对应吴楚之地。这里使用了一个

典故：相传晋朝时，天上的斗、牛二星有紫气，雷焕说这是宝剑之精上达天空，后来在豫章丰城掘出了龙泉、太阿两把宝剑。

⑥北风：指北方。

⑦空潭：即湖南境内的昭潭，有“湘水至深处”之说。橘：橘子，古代湖南有橘州，盛产橘子。

⑧媒：寄信的媒介。洛桥：洛阳洛水的天津桥，代指洛阳。

诗歌大意

楚地的山峰无法走到尽头，归去的道路只觉萧条。白天看到江面上下雨的景色，夜里听到江上潮水的声音。宝剑在此地，因为发出紫气的南斗星非常靠近；家书寄往北方，北风吹过长路漫漫。我想告诉家人此地是湘水最深处，橘子极佳，可是没有人可以帮我寄信到洛阳。

短析

现代人的旅行是享受生活，而古代人的旅行多是“寻生计”。古代的交通困难，谁不想在故乡舒舒服服地待着？不过穷乡僻壤是不会出人头地的，因此，唯有寻求权势之人举荐。等到做了官，每三五年要迁调到不同的地方去，有时还会被贬到遥远的地方。大部分唐代诗人的一生都在不停旅行当中度过，一生都在思念亲人与故乡，这就是为什么唐代会产生那么多离别诗和行旅诗的原因。

宿龙兴寺[①]

綦毋潜[②]

香刹夜忘归[③]，松清古殿扉[④]。
灯明方丈室[⑤]，珠系比丘衣[⑥]。
白日传心净[⑦]，青莲喻法微[⑧]。
天花落不尽[⑨]，处处鸟衔飞[⑩]。

注释

①龙兴寺：位于今湖南省永州市零陵区的一所寺庙。

②綦毋潜（692—749）：字季通、孝通，唐代荆南（今属湖北）人。唐玄宗开元十四年（726）登进士第，历数官，终著作郎，诗风清隽，有禅理，近似王维、孟浩然。

③香刹：梵语音译，即佛寺。

④扉：门户。

⑤方丈：佛寺内的住持或长老。

⑥比丘：梵语音译，即僧人。

⑦传心：传心之法。

⑧微：微妙。

⑨天花：天女散落的花瓣，《维摩经》中有这样一个故事：天女散花于菩萨和声闻弟子等身上，清净的各位菩萨们花瓣落下而不沾身，结习未除的声闻大弟子花瓣黏住不落下。

⑩衔：把花瓣衔住。

诗歌大意

我来到这飘着香烟的佛寺，直到夜深，忘了归去。这儿的青松就在古寺的门前。方丈的房间内灯火通明，僧人的袈衣上佛珠串串。佛家静默传心之法如白日般光明，以青莲比喻微妙的佛法。因为六根清净之故，天女花瓣不沾身，不停地落下，落下后都被鸟儿衔住飞走。

短析

这首诗运用了许多佛教术语，比如说香刹、方丈、比丘、佛教传心之法、青莲之喻、天女散花的故事等，阅读起来并不是很容易理解，尤其是“白日传心静，青莲喻法微”这样的句子，要熟悉佛教的比喻与佛理才能理解句意。在古代，诗人也要学习一些道学与佛理，他们或多或少会知悉一些常见的术语，因此对他们来说这类诗歌并不艰涩。

破山寺后禅院[1]

常建[2]

清晨入古寺，初日照高林。
曲径通幽处，禅房花木深。
山光悦鸟性[3]，潭影空人心[4]。
万籁此俱寂[5]，惟闻钟磬音[6]。

注释

①此诗又作《题破山寺后禅院》。破山寺：位于今江苏省常熟县虞山附近的一所寺庙，又叫“兴福寺”。

②常建：生卒年不详，唐代长安（今属陕西）人。他与王昌龄同是唐玄宗开元十五年（727）进士登科，历数官，仕途并不得意。他的诗歌淡雅清隽，常有佳句，也是王维、孟浩然一派。

③悦：因……而和悦。

④空：因……而空灵。

⑤万籁：各种声音。

⑥钟磬：佛寺中的钟和磬，报时、诵经时使用。

诗歌大意

在清晨走进古寺，初升的太阳高高地照在林子上。弯曲的小径通往幽静之处，禅房的花草树木深浓茂盛。

鸟儿的性情因为美丽的山色而变得和悦，人的内心因为清静的潭影而变得空灵。此时各种声音都已归于寂静，只听到寺中的钟声与磬声。

短析

常建留下来的诗不多，这一首最为著名，也是备受称赞的一首。欧阳修大赞“曲径通幽处，禅房花木深”二句。以对联来说，它不太工整，“通”字与“花”字是不对仗的，如果要工整，“通幽处”应该对“深花木”，不过二句这样写，却很有味道。第四、五句“山光悦鸟性，潭影空人心”也很有意思，这是一组倒装句，鸟性和悦，人心空灵，正确应是“鸟性悦”“人心空”，但诗人把“悦”“空”写在前面，便有了特殊的诗意。

题松汀驿①

张祜②

山色远含空，苍茫泽国东③。
海明先见日，江白迥闻风④。
鸟道高原去⑤，人烟小径通。
那知旧遗逸⑥，不在五湖中⑦。

注释

①松汀驿：驿站名，在今江苏省。

②张祜（782—852）：字承吉，唐代清河（今属河北）人。他曾经尝试谋取官职，但未成功，后来隐居，终身不仕，擅长宫词与山水诗。

③苍茫：深广渺茫。泽国：江河很多的地方，即水乡。

④迥：远。

⑤鸟道：高险狭窄得只有鸟儿可以通过的道路。

⑥遗逸：被朝廷遗漏的高逸之士。

⑦五湖：指江苏省一带的五个湖泊。详见《旅怀》诗注。

诗歌大意

这儿的山色高远，好似包含着天空，处于深广渺茫的水乡之东。大海明净，可先看到日出，江水银白，可听到远远的风声。那高险的道路只有鸟儿才能通过，它连接着高原，小径通往人们聚居之处。怎会知道那些被朝廷遗漏的高逸之士，已经不在五湖之中了。

短析

诗歌的最后两句“那知旧遗逸，不在五湖中”，大意是指松汀驿的高逸之士已经离开，自己已经遇不到他们了，这“遗逸”二字，可圈可点。诗人曾经尝试谋取官职，但不成功，最后隐居，那些被朝廷遗漏的高逸之士，是“他人”，但又何尝不是暗指“诗人自己”。

圣果寺[1]

释处默[2]

路自中峰上[3]，盘回出薜萝[4]。
到江吴地尽[5]，隔岸越山多[6]。
古木丛青霭[7]，遥天浸白波[8]。
下方城郭近，钟磬杂笙歌。

注释

①圣果寺：旧时一所位于杭州吴山或凤凰山的寺庙。
②释处默：唐代诗僧，生平不详。
③中峰：主峰。
④盘回：盘旋迂回。薜萝：一种藤蔓植物。
⑤江：钱塘江。吴地尽：古代吴地位于江苏省一带，钱塘江大约是吴地的边界。
⑥越：古代的浙江一带，吴、越是两个相邻的地方。
⑦丛：丛生。青霭：青色的云雾。
⑧浸：淹浸。

诗歌大意

往寺庙的道路自山的主峰而上，我盘旋迂回走出了满布薜萝的林地。到了钱塘江，便是吴地的尽头，对面岸上便是越地，山非常多。古老的树木丛生，笼罩着青色的云雾，遥远的天空浸没在江水的白波之中。山下的城郭靠近寺庙，寺中的钟声与磬声混杂着城中的歌舞声。

短析

诗歌写圣果寺附近的山色和景物，古朴清雅，最后一句“钟磬杂笙歌”，是全诗最出色的部分。一个如此古朴清雅的寺庙，它的钟磬声竟然混杂着歌舞声，说明烟花之地一定离它很近。是寺庙沦落了，还是人们的欲望太过强大？“钟磬杂笙歌”，诗人的心情是感慨还是悲伤？诗的末句留给读者一个细细品味的空间。

野望

王绩[①]

东皋薄暮望[②]，徙倚欲何依[③]。
树树皆秋色，山山惟落晖。
牧人驱犊返[④]，猎马带禽归[⑤]。
相顾无相识[⑥]，长歌怀采薇[⑦]。

注释

①王绩（586—644）：字无功，隋末唐初龙门（今属山西）人。他在隋、唐两朝都做过官，后来隐居东皋，又号东皋子。他嗜酒，诗歌常以酒作主题，风格淡雅，似陶渊明。

②东皋：地名，位于今山西省河津县，是王绩隐居的地方。

③徙倚：彷徨、徘徊。欲何依：可以依靠什么，即何处是归宿。

④犊：小牛。

⑤禽：禽兽，即猎物。

⑥相顾：四望。

⑦采薇：《诗经》中有"采薇"片段，形容心情郁闷。一说此处引用周武王灭殷后，殷的君子不食周粟，采薇充饥的典故。

诗歌大意

我伫立在东皋的暮色之中远望，心情彷徨踌躇，不知何处是归宿。这里的每一棵树木皆染上秋色，每一座山都笼罩着夕阳余晖。牧人驱策着小牛回家，猎马带着猎物归来。我环顾四望，没有一个人是认识的，只能高唱"采薇"之歌。

短析

诗人在隋末与初唐都做过官，官职不算太小，隋时他是秘书省正字，唐时在门下省任职，后来不知因为什么原因归隐了。这首诗便写他归隐的心情。他彷徨徘徊，不知何处是归宿，又高唱形容心情郁闷或代表殷朝遗民的“采薇”之歌，可见他并不是因为看破名利、无牵无挂而归隐的，大概是有什么隐情吧。

送别崔著作东征[1]

陈子昂

金天方肃杀[2]，白露始专征[3]。
王师非乐战[4]，之子慎佳兵[5]。
海气侵南部，边风扫北平[6]。
莫卖卢龙塞[7]，归邀麟阁名[8]。

注释

①崔著作：即崔融。著作是著作郎、著作佐郎的简称，也指书记。《全唐诗》中，此诗题为《送著作佐郎崔融等从梁王东征》。

②金天：即秋天，秋属金。

③白露：二十四节气之一，在秋季。

④王师：王者之师。乐战：好战。

⑤之子：从军的人。佳兵：佳，即“隹”，为虚词，没有意义，这里的佳兵即“用兵”。

⑥北平：北方地区，或古北平郡。详见《送崔融》注。

⑦卢龙塞：地名，位于今河北省迁西县北喜峰口一带。这里有一个典故：曹操进军乌桓，田畴建议他走卢龙口的捷径，后曹操大胜，论功行赏，田畴则说“岂能出卖卢龙塞以换赏”！这里应指贪功。

⑧麟阁：即麒麟阁，汉代用来悬挂功臣画像的地方。

诗歌大意

秋天刚到便有一股肃杀之气，白露时节已来临，军队开始出征远方。王者之师并不好战，从军的人们啊，你们要谨慎用兵。大海的气息侵扰着南方，边疆的疾风横扫北方。你不要贪功出卖卢龙塞，以便回来邀得麒麟阁的功名。

短析

崔融从军远征，杜审言与陈子昂都送诗给他，杜审言写的是前面的《送崔融》，陈子昂写的是这首《送别崔著作东征》。两首诗对比起来，陈子昂的诗更胜一筹，这并不是才华的缘故，而是陈子昂的诗没有浮夸的描写与赞美，而是劝勉崔融。战争并不是快乐的事情，无论谁胜谁负，总有一方要国破家亡，诗中第三、四句“王师非乐战，之子慎佳兵”充满着悲悯的情怀，最后两句“莫卖卢龙塞，归邀麟阁名”提醒崔融不可因为贪功而大开杀戒。从这里我们看到，好的诗歌要有一种崇高的气节，这就是“诗格”。

携妓纳凉晚际遇雨　其一①

杜甫

落日放船好②，轻风生浪迟③。
竹深留客处，荷净纳凉时。
公子调冰水④，佳人雪藕丝⑤。
片云头上黑，应是雨催诗。

注释

①此诗又作《陪诸贵公子丈八沟携妓纳凉晚际遇雨二首》。丈八沟：在今陕西省长安区附近，是一条在唐天宝年间开凿的人工运河。

②放船：开船。

③生浪迟：浪迟迟才出现，即浪很小，风平浪静。

④调冰水：用冰块调制凉水。

⑤雪：拭去。

诗歌大意

夕阳时分，正适合泛舟游玩，微风吹来，浪花很小。竹林深深正是留客之处，荷花明净正是纳凉的好时分。贵公子取冰块调制凉水，佳人拭去藕上的白丝。忽然头上来了一片黑云，应该是雨水想催动我们的诗兴。

携妓纳凉晚际遇雨　其二

杜甫

雨来沾席上，风急打船头。
越女红裙湿①，燕姬翠黛愁②。
缆侵堤柳系③，幔卷浪花浮④。
归路翻萧飒⑤，陂塘五月秋⑥。

注释

①越女：古代越国的女子，以美貌著名，如西施。

②燕姬：古代燕地的女子，以能歌善舞闻名。黛：代指眉毛。

③缆：系船的绳子。侵：逼近。

④幔：船上的布幔。

⑤翻：反而。

⑥五月秋：虽是夏天五月，却凉爽似秋。

诗歌大意

下雨了，雨水溅在船席之上，急风拍打着船头。美人的红裙被雨水打湿，歌姬因忧愁皱起黛黑色的眉毛。风雨逼近，我们把船系在堤岸的柳树上，大风把布幔吹得乱卷，浪花翻飞。回去的路上天气反而又萧飒了，这湖上虽是夏天五月，却凉爽似秋。

短析

杜甫与一群贵公子到长安附近的丈八沟乘船游玩，还有几位家姬美女助兴，本以为天气很好，忽然下起雨来，这可真称得上“天有不测风云”。从这组诗中，我们可以了解到，纵使是杜甫这个爱国爱民的大诗人，也有平常人的生活，他也会交际应酬，陪同贵公子们玩乐。不同的是，小人的应酬奉承无耻而低下，君子的应酬则点到即止。

宿云门寺阁[1]

孙逖

香阁东山下[2]，烟花象外幽[3]。
悬灯千嶂夕[4]，卷幔五湖秋[5]。
画壁余鸿雁[6]，纱窗宿斗牛[7]。
更疑天路近，梦与白云游。

注释

①云门寺：故址在今浙江省绍兴市云门山上。

②东山：即云门山。

③烟花：如烟似梦的繁花。象外：尘世之外。

④嶂：高险像屏障的山。

⑤五湖：指江苏省一带的五个湖泊，这里用来表示浙江省的湖。详见《旅怀》诗注。

⑥余：剩下。

⑦斗牛：古代二十八星宿中的斗星与牛星，位于南方，大约是浙江、江苏、安徽省一带。

诗歌大意

云门山下佛香缭绕着寺阁，这里繁花如烟似梦，幽静如尘世之外。日落时分寺阁悬起灯光，四周的山峰高险得像屏障，寺阁又把布幔卷起，与五湖的秋色相对。壁上的画已褪色，只剩下鸿雁，我夜宿在此地，透过纱窗欣赏着风景。这样的景物让我怀疑天路已近在眼前，我在梦中与白云同游天界。

短析

在诗歌中，描写繁花盛放的情景，最优美的莫过于“烟花”二字。李白《送孟浩然之广陵》写道“烟花三月下扬州”，此诗又有“烟花象外幽”，它不只描绘繁花盛放，还有如烟似梦的缥缈，这是一种梦幻的、短暂的、飘逸的花开景象。

秋登宣城谢朓北楼[1]

李白

江城如画里，山晚望晴空。
两水夹明镜[2]，双桥落彩虹[3]。
人烟寒橘柚，秋色老梧桐。
谁念北楼上[4]，临风怀谢公[5]。

注释

①宣城：即今安徽省宣城。谢朓北楼：即谢朓楼，或称谢公楼，南朝诗人谢朓在宣城做官时建造。

②两水：宣城的宛溪与句溪。明镜：指溪水清明如镜。

③双桥：宣城的凤凰桥与济川桥。彩虹：指双桥美丽如彩虹。

④北楼：即谢朓楼。

⑤谢公：谢朓。

诗歌大意

宣城美丽得就像在画中，天亮了，我在山上，眺望晴朗的天空。宛溪与句溪夹着两岸，溪水清明如镜，凤凰桥与济川桥美丽得如彩虹落在这里。这里充满人烟，橘柚林显得清寒，在秋天的景色中，梧桐树显得老旧凋零。谁会想到在这北楼上，有人在面对秋风怀念着诗人谢朓？

短析

南朝诗人谢朓在宣城做过官，因此世称谢宣城，他的诗风秀丽。李白特别喜欢他，多次在诗歌中提到他，除了这首诗外，李白提到他的诗歌还有“蓬莱文章建安骨，中间小谢又清发”（《宣州谢朓楼饯别校书叔云》），“解道澄江净如练，令人长忆谢玄晖”（《金陵城西楼月下吟》）。

临洞庭[①]

孟浩然

八月湖水平，涵虚混太清[②]。
气蒸云梦泽[③]，波撼岳阳城[④]。
欲济无舟楫[⑤]，端居耻圣明[⑥]。
坐观垂钓者[⑦]，徒有羡鱼情[⑧]。

注释

①此诗又作《望洞庭湖赠张丞相》。

②涵虚：湖水包含虚空的天地万物。太清：天空。

③气蒸：云气蒸腾。云梦泽：古代的云泽与梦泽，大约位于湖南与湖北地区，现在已成为陆地。

④撼：撼动。

⑤济：经国济世。楫：船桨。

⑥端居：闲居、游手好闲地过生活。

⑦垂钓者：比喻能出仕做官的人。

⑧羡鱼：羡慕出仕的人。

诗歌大意

八月的洞庭湖湖水上涨，与岸齐平，湖水包含、混融了虚空的天地万物。这里的云气蒸腾着云泽与梦泽，水波撼动着湖东的岳阳城。我希望经国济世，可惜没有船只与船桨，过着游手好闲的生活，有愧于历代的圣明之君。我坐在这里注视着已出仕做官的垂钓者，心里徒有羡慕之情。

短析

由于孟浩然一生都没有出仕做官，因此后代的诗人都赞美他为隐士，欣赏他的淡薄功名。然而，从这首诗中，我们可以知道，孟浩然不是“不想要”功名，而是“得不到”功名，所以他把此诗投给丞相张九龄，希望得到赏识，代为引荐。这首诗写得极好，把洞庭湖包纳万物的气势都写出来了。后面用船只、垂钓人与羡鱼情来表达想要做官的意愿，也一语相关。不过，取得官位不只需要诗才，也需要许多其他东西加以辅助，而这些东西，孟浩然似乎没有。

过香积寺[1]

王维

不知香积寺，数里入云峰。
古木无人径，深山何处钟[2]。
泉声咽危石[3]，日色冷青松。
薄暮空潭曲，安禅制毒龙[4]。

注释

①香积寺：故址在今陕西省西安市附近。

②钟：钟声。

③咽：发出呜咽之声。

④安禅：禅定。毒龙：出自佛经，这里比喻人的欲念。

诗歌大意

我不知香积寺在何处，走了数里便进入了云雾缭绕的山中。这里只有古老的树木，没有人走的小径，但在深山中，又是何处传来寺庙的钟声？泉水在危石上流动，发出呜咽之声，日色照在青松上，一片清冷。日落时分，空寂的水潭弯弯曲曲，我收敛心神做禅定，以抑制如毒龙一样的欲念。

短析

这首诗是“过香积寺”，即是在山中经过，而没有进入寺庙，因此第一句便写“不知香积寺在何处”。然而，即使没有进入寺中，山上仍充满了古朴的禅意，钟声从深山古木中传来，山景安静清灵，诗人随即禅定，虽然不入寺中，心却在寺里。第五、六句“泉声咽危石，日色冷青松”更是成为名句被不断传诵。

送郑侍御谪闽中[①]

高适

谪去君无恨[②]，闽中我旧过[③]。
大都秋雁少[④]，只是夜猿多。
东路云山合[⑤]，南天瘴疠和[⑥]。
自当逢雨露[⑦]，行矣慎风波[⑧]。

注释

①郑侍御：诗人的一位郑姓友人，官职为侍御，生平不详。谪：贬谪。闽中：即今福建省。

②无恨：不要怨恨。

③旧过：以前去过。

④大都：大概。

⑤东路：向东走到闽中的路。

⑥瘴疠：瘴气与瘟疫。

⑦雨露：皇上的恩典。

⑧行矣：去吧。慎风波：劝诫友人行事要小心谨慎。

诗歌大意

你虽被贬谪，但不要心怀怨恨，闽中地区我以前去过，那里大概秋雁较少，不过晚上猿声很多。那条向东走到闽中的路，山峰接合着云气，那里的瘴气与瘟疫都和缓下来了。你必定会得到皇上的恩典，很快离开那里的。去吧，小心路上的风波。

短析

古代官员被贬谪，通常是被贬往南方或较为偏远之地，因为在古代尤其是唐朝，政治中心在北方长安，离长安越远，代表着皇帝越震怒。比如韩愈阻止唐宪宗迎佛骨，被贬到广东去，他还在《自咏》中说自己要死在广东，而宋代的苏东坡被多次贬官，甚至到了最远的海南，这样的情况，人怎会“不怨恨”？故此诗人只能安慰朋友，说福建的条件不算差，只是多了几只猿猴，少了几只秋雁，瘴气与瘟疫也不像别人说的那么厉害。整首诗都是强作开朗的安慰之词，只是最后一句“行矣慎风波”透露出诗人的忧心来。

秦州杂诗[①]

杜甫

风林戈未息[②]，鱼海路常难[③]。
候火云峰峻[④]，悬军幕井干[⑤]。
风连西极动[⑥]，月过北庭寒[⑦]。
故老思飞将[⑧]，何时议筑坛[⑨]。

注释

①秦州：大约在今甘肃省天水市。

②凤林：甘肃省的凤林关。戈：一种武器，代指战事。

③鱼海：地名，在甘肃西部，当时常受吐蕃侵扰。

④火：烽火。

⑤悬军：深入敌阵的孤军。幕井：有盖的井。

⑥西极：极西之地。

⑦北庭：唐代的北庭都护府，治所在今新疆吉木萨尔县一带。

⑧故老：老迈的百姓。飞将：汉代飞将军李广，这里代表骁勇善战的人。

⑨筑坛：汉高祖刘邦建起高坛，拜韩信为将。

诗歌大意

凤林关的战事尚未平息，鱼海的路依然险阻困难。烽火台在高峻的云峰上，人们正在等候，孤军深入敌阵，连井水都要干了。狂风吹得极西之地在摇动，凄寒的月光照着北庭都护府。老迈的百姓们都盼望着骁勇善战的人来临，但什么时候才能筑起高坛，拜得一个如韩信般的大将。

短析

唐乾元二年，关内发生饥荒，宰相房琯军事失利，杜甫为房琯辩护，反而被贬，同年秋天杜甫弃官，举家迁往秦州。就在这迁徙的途中，他写下了《秦州杂诗》，共有二十首，内容都是秦州一带战乱的情况，也有身世感怀，本诗是第十九首。在此之前他已经写出了战火连天、民不聊生的景象，因此这第十九首便表达了百姓们祈求能有一位骁勇善战的大将，带领他们脱离战火摧残的迫切心情，实际上这也是杜甫的心愿。

禹庙①

杜甫

禹庙空山里，秋风落日斜。
荒庭垂橘柚②，古屋画龙蛇③。

云气生虚壁[4]，江深走白沙。
早知乘四载[5]，疏凿控三巴[6]。

注释

①禹：上古时代治水的大禹。禹庙应位于今四川省。

②橘柚：《尚书·禹贡》上载大禹治水后，四川一带进贡橘柚。

③龙蛇：《孟子·滕文公》上载大禹治水时，驱逐了害人的龙蛇。

④虚壁：石壁。

⑤载：交通工具。大禹治水时，在陆地、河流、泥泽、山上分别乘坐四种不同的交通工具。

⑥三巴：即古代的巴郡、巴东与巴西，泛指今四川省一带。

诗歌大意

大禹的庙坐落在空山里，夕阳西下秋风吹起。荒凉的庭园里垂满橘柚，古老的庙中画有大禹驱逐龙蛇的画像。这里云气缭绕，仿佛在石壁上涌生出来，远远传来挟带沙石滚动的江声。我早就听说大禹乘坐四种不同的交通工具治水的故事，他穿凿疏通河水，控制了三巴地区。

短析

这首诗里，第三、四句“荒庭垂橘柚，古屋画龙蛇”历来都受到诗人们的赞赏，原因在于它的用典非常巧妙，暗含了《尚书·禹贡》与《孟子》中有关大禹的故事，但字面上却看不出痕迹，如果不理会典故，也不会影响诗歌的意义。这与王安石的《书湖阴先生壁》的“一水护田将绿绕，两山排闼送青来”有相同之妙处。

望秦川①

李颀②

秦川朝望迥③，日出正东峰。
远近山河净，逶迤城阙重④。
秋声万户竹，寒色五陵松⑤。
客有归欤叹⑥，凄其霜露浓。

注释

①秦川：地名，大约在今陕西、甘肃省一带。

②李颀：生卒年大约为公元690—751年，唐代东川（今属四川）人。他与王维、高适、王昌龄等诗人友善，诗风豪放与清婉兼备，题材多样。

③迥：远。

④逶迤：迂回曲折。重：一重一重。

⑤五陵：皇戚权贵之地。详见杜甫《秋兴》（其三）注。
⑥归欤：归去吧。

诗歌大意

早上远远眺望秦川，太阳在正东的山峰上升起。远远近近的山河都很明净，城阙一重又一重，迂回曲折。风吹着千门万户的竹子，发出一片秋声，五陵地区的松树，一片清寒之色。客人发出“归去吧！归去吧”的感叹，他为这里的霜露浓重而悲凄。

短析

秦川位于陕西、甘肃一带，即是京城长安的所在地，诗人“望秦川”其实是“望长安”。在写此诗前，诗人在长安做官，因为一些事情而被罢免，离开长安。掌握了这个背景，我们便会明白诗人“望秦川”的哀叹和悲凄是怎样一回事，也能理解“归去吧！归去吧”的含义。

同王征君洞庭有怀①

张谓②

八月洞庭秋，潇湘水北流③。
还家万里梦，为客五更愁④。

不用开书帙[⑤]，偏宜上酒楼。
故人京洛满[⑥]，何日复同游。

注释

①《全唐诗》中，此诗题为《同王征君湘中有怀》。在此诗中，诗人的朋友可能叫“王征”或一位姓王的征君（征君是被朝廷征召但不肯做官的人）。

②张谓：字正言，唐代河内（今属河南）人。他在唐玄宗天宝二年（743）登进士第，与李白有过交往。一说这首诗的作者为严维。

③潇湘：潇水与湘水，这两条河流在今湖南省零陵县会合。

④为客：客居在外。五更：即清晨时分。

⑤书帙：书籍，书卷。帙，书的外套。

⑥京洛：京城长安与洛阳一带。

诗歌大意

八月的洞庭湖已入秋天，潇水与湘水合往北流。回家是一个长达万里的梦，客居在外的人，清晨时分便已开始忧愁了。不需要展开书卷，反正读不进去，还是上酒楼去喝酒吧。老友挤满长安与洛阳，什么时候可以再一起同游？

短析

客居在外的诗人想念家乡，怀念朋友，是唐诗中俯拾皆是的主题。虽然它们都使用差不多的意象，如“梦”“酒”，也有差不多的句法，如“何日复同游”，不过因为感情真挚，所以也不会叫人生厌。

渡扬子江①

丁仙芝②

桂楫中流望③，空波两畔明④。
林开扬子驿⑤，山出润州城⑥。
海尽边阴静，江寒朔吹生⑦。
更闻枫叶下，淅沥度秋声⑧。

注释

①扬子江：长江的别名，专指流经扬州一带的河段。

②丁仙芝：字元祯，唐代曲阿（今属江苏）人。唐玄宗开元十三年（725）登进士第，曾任余杭尉，生平资料不多。一说这首诗的作者为孟浩然。

③桂楫：桂木造的船桨，代指乘船。

④两畔：两岸。

⑤扬子驿：驿站名，大概在扬子津。

⑥润州：即今江苏省镇江市。

⑦朔吹生：北方的寒风刮起来。

⑧度：传递。

诗歌大意

乘船到江河的中心四处眺望，那波浪排空，使得两岸景色愈发明朗。北面的扬子驿林木茂盛，南面的润州城群山环绕。江河的尽头幽暗宁静，江水上刮起北方的寒风，更可听到枫叶落下，淅淅沥沥地传递秋声。

短析

诗的第一句“桂楫中流望”，如果拆开来看，便是“船桨”“江河中心”和“望”，组合起来是——船桨在江河中心眺望——是一句很怪异的话。我们要理解它，需要知道一些“古人写诗的方法”，比如说古代诗人喜欢用“借代手法”，用有关的事物去代表一个动作或一件事，例如用金樽代表喝酒，而此诗里“船桨”代表乘船。另一方面，古代诗歌在很多情况下会把主语隐藏起来，“谁”喝酒，“谁”眺望，做这些动作的人大都不写出来，因此也需要我们把它补上去。

幽州夜吟[①]

张说

凉风吹夜雨，萧瑟动寒林。
正有高堂宴，能忘迟暮心[②]。
军中宜剑舞，塞上重笳音[③]。
不作边城将[④]，谁知恩遇深。

注释

①幽州：即今北京一带。此诗又作《幽州夜饮》。

②迟暮：衰老。

③重：重视，即最喜爱。笳：胡笳。

④边城将：边城的将领，指诗人当时担任的右羽林将军检校幽州都督。

诗歌大意

凉风吹送着夜雨，那萧瑟的景色触动着寒冷的树林。现在正在高堂举行宴会，可以忘记我那感叹年华已老的心情。军中最适宜舞剑助兴，边塞之地最喜爱胡笳的声音。不当上边城的将领，谁又会知道皇上的深厚之恩？

短析

张说曾经做过中书令，但因为与姚元崇的政治斗争，被降为相州刺史、河北道按察使，坐累徙岳州，后来在丞相苏颋的帮助下，迁官荆州长史，并加右羽林将军检校幽州都督。这一路的宦海浮沉，像坐过山车一样，最后能做回右羽林将军检校幽州都督这样的要职，实在非常幸运，因此最后一句“不作边城将，谁知恩遇深”，既是讲述皇上的恩典，让他可以重返要职，也是庆幸之意。